Alina und Leonie

sind immer für mich da!

Joost

ist eher wortkarg.

Seesterne

findet man am Strand – wenn man Glück hat!

Der Schaffner

drückt noch mal ein Auge zu.

Susanne Fülscher

# Mia und der Jette-Jammer

Mias Abenteuer:

*Band 1 Mia legt los!*
*Band 2 Mia und das Mädchen vom anderen Stern*
*Band 3 Mia und der Traumprinz für Omi*
*Band 4 Mia und das Liebeskuddelmuddel*
*Band 5 Mia und der Großstadtdschungel*
*Band 6 Mia und das Schwesterndings*
*Band 7 Mia fast allein zu Haus*
*Band 8 Mia und die mega-giga-irre Klassenfahrt*
*Band 9 Mia und der Zahnspangenprinz*
*Band 10 Mia und der gi-ga-geniale Hochzeitsplan*
*Band 11 Mia und der Jette-Jammer*
*Band 12 erscheint im Herbst 2019*

Susanne Fülscher

# Mia und der Jette-Jammer

CARLSEN

# Vogelscheuchen-Contest

Das war klar.
Ich habe es kommen sehen.
Nicht mal ein Meteoriteneinschlag hätte verhindern können, dass meine beste Freundin Jette dem Selfie-Wahn verfällt. Schon mit ihrem alten Glitzerhandy hat sie sich ständig selbst fotografiert und das Foto anschließend bewundert, als wäre sie Miss Universum. Doch seit sie im Besitz eines mega-giga-irren Angeberhandys ist, ist es richtig schlimm geworden. Ob in der Schule, im Bus oder beim Ballett – überall zückt Jette das kleine Ding in ihrer Lieblingsfarbe Rot, reckt das Kinn in die Höhe, grinst ein besoffenes Ballaballa-Lächeln und drückt auf den Auslöser. Es gab nicht mal einen speziellen Anlass für das teure Geschenk, ihre Mutter hat es ihr einfach *nur so* geschenkt.
Meine Theorie lautet ja, dass Frau Joost ein schlechtes Gewissen hat. Weil sie rund um die Uhr in ihrer Apotheke arbeitet und Jette so oft alleine lässt. Bestimmt

hat sie sich gedacht, dass das neueste und schönste Handy überhaupt ihre Tochter tröstet, auch wenn man es nicht wie ein Hündchen oder Meerschweinchen hätscheln und tätscheln kann.

Selfies sind zwar nicht verboten, aber es nervt trotzdem, der besten Freundin dabei zuzusehen, wie sie von morgens bis abends Fotos von ihren blauen Augen, ihrem besoffenen Ballaballa-Lächeln und ihrem Glanzhaar schießt. Noch blöder finde ich es allerdings, wenn Alina, Leonie und ich, manchmal sogar auch Leonies Hunde Wursti und Broti, mit aufs Foto müssen. Weil das sowieso nie hinhaut. Wursti hält keine Sekunde still und der riesige Fellmantelhund Broti verdeckt beim Posieren meistens unsere Köpfe. Manchmal schleudert Jette auch noch ihren Haarteppich so schwungvoll hin und her, dass es kein Gruppenselfie, sondern nur ein Haarteppich-Selfie wird. Von uns anderen ist dann gerade mal eine knubbelrote Nase, ein Scheitel, ein schielendes Auge oder ein gelber Hundeeckzahn zu sehen. Unterm Strich haben alle Selfies eins gemeinsam: Während Jette garantiert supersweet aus der Wäsche guckt, ähneln wir drei anderen Vogelscheuchen, die gerade zum Vogelscheuchen-Contest angetreten sind. Was alles andere als prickelnd ist. Aber es kommt noch schlimmer.

Jetzt soll auch noch Omi Olga mit aufs Bild. Omi ist vorgestern siebzig geworden und seitdem ununterbrochen am Feiern. Weil das Leben so schnell vorbei sein kann und sie jeden Tag leben will, als wäre er der letzte.

Am ersten Abend war nur unsere Familie, also Mami und Papi, meine drei Geschwister Lukas, Lena und Josefinchen sowie Omis Lebensgefährte Diego, beim Italiener. Es gab Pizza, Pasta und *Tartufo*-Eis (lecker, lecker!) und wir haben alle so viel gefuttert und gelacht, bis uns die Bäuche wehtaten.

Am zweiten Tag hat Omi für ihre Kicherfreundinnen eine rauschende Kuchenparty mit Einspänner (das ist in Österreich Kaffee mit einer Sahnehaube) und Sektchen im Café Luise geschmissen. Leider ohne ihre Schulfreundin Ingrid, die vor gut einem Monat gestorben ist.

Heute, an Tag drei, fahren wir in einem Motorboot durch die Kanäle der Stadt. Das ist einfach nur megacool! Ich wusste nicht mal, dass es in Hamburg so viele Kanäle gibt, auf denen man schippern kann. Die Bootsfahrt ist ein Geschenk von Diego. Er hat erst seit einem knappen Jahr einen Bootsführerschein, lenkt das Boot aber lässig durch die Wasserstraßen wie ein Cowboy sein Pferd.

„Ein Selfie?“, sagt Omi mit gerunzelter Stirn, als handele es sich dabei um eine menschenfressende Spezies vom Mars. „Och, Kinder, dafür bin ich nun langsam wirklich zu alt!“

Jette lässt enttäuscht das Handy sinken.
„Gegenvorschlag." Omi, deren Sommerkleid sich wie ein kreischbuntes Zelt um ihren Körper bauscht, rutscht dichter an Mami und Papi heran. „Wir stellen uns alle hübsch zusammen und Thomas oder Diego macht ein hübsches Gruppenfoto von uns. Das wäre doch hübsch!"
Auch die anderen finden das *hübsch* und nachdem ein paar hübsche Fotos im Handy sind, muss selbst Jette einsehen, dass es eigentlich viel schöner ist, ein richtiges (sprich altmodisches Foto) zu machen, auf dem a) alle gut zu erkennen sind und b) auch die besten Freundinnen nicht wie beim Vogelscheuchen-Contest aussehen.
„Man mag es kaum glauben!", tiriliert Omi. „Ich bin vor 70 Jahren in Eimsbüttel zur Welt gekommen."
„Stimmt", sagt Papi.
„Seitdem lebe ich hier."
„Stimmt auch." Papi lacht leise.
„Erst mit meinem Heinz, Gott hab ihn selig, und jetzt mit Diego."
„Ganz richtig", schaltet sich Diego ein, der heute eine Lederjacke mit einem coolen Fabelwesen-Print auf dem Rücken, Cowboystiefel und einen Nietengürtel trägt.
„Jetzt veräppelt mich nicht, sondern hört mir mal zu. Also: Ich habe einen fabelhaften Sohn in die Welt

gesetzt." Sie deutet auf Papi, der sich daraufhin verlegen den Vollbart krault. „Der hat wiederum mit seiner bezaubernden Andrea noch viel fabelhaftere Kinder in die Welt gesetzt. Nämlich Lukas, Mia, Lena und Josefine … Hab ich recht?"

„Ja, du hast recht", bestätigt Papi, „aber ich soll ja still sein."

„Olga, was willst du uns eigentlich sagen?", drängelt Mami.

„Dass ich …" Omi breitet ihre Arme wie eine Opernsängerin aus, die gerade eine Arie schmettert. „Dass ich mich frage, wieso ich erst siebzig werden musste, um Hamburg vom Wasser aus zu erleben." Sie quetscht ihren rundlichen Omi-Körper neben Diego hinters Steuer. „Danke, mein Schatz. Du hast mir ein wunderschönes Geschenk gemacht!"

Automatisch muss ich an den kreischbunten Schal denken, den ich Omi geschenkt habe. Hoffentlich findet sie ihn auch ein bisschen schön.

Während Omi und Diego schmusen und sich schmatzende Küsschen geben (peinlich, peinlich), verziehen Jette und ich uns zu Alina und Leonie, die im Heck des Bootes polnische Piroggen mampfen. Omi wäre nicht Omi, hätte sie nicht irgendetwas Leckeres für ihre Gäste eingepackt. Neben den Piroggen wartet noch ein Restepaket Kuchen aus dem Café Luise darauf, aufgefuttert zu werden.

„Hm!“, ächzt Leonie kauend und leckt sich jeden Finger einzeln ab. „Schmecken ein bisschen wie die Maultaschen von meiner Tante.“
„Ihh, da ist ja Sauerkraut drin!“ Jette guckt angewidert, als sie ihre Teigtasche auseinanderpflückt.
Ich weiß gar nicht, was sie hat. Die Piroggen sind wirklich hammerlecker und an Sauerkraut ist auch noch niemand gestorben.
„Wollte deine Omi mal was Neues ausprobieren?“, fragt Leonie kauend. „Sonst gibt‹s doch immer was vom Italiener.“
„Omi lernt Polnisch an der Volkshochschule“, erkläre ich. „Sie will mit Diego eine Kulturreise machen. Nach Warschau, Danzig und Krakau.“
„Echt?“, fragt Jette. „Ist das nicht langweilig?“
Alina schüttelt den Kopf und ihre roten Haare fliegen. „Meine Tante war mal in Krakau. Sie meint, die Stadt ist wunderschön. Es gibt so viele tolle Kirchen und Kathedralen. Und der Marktplatz ist weltberühmt.“
„Liegt Danzig nicht am Meer?“, fragt Leonie.
„Ja, an der Ostsee“, erkläre ich. „Omi freut sich schon total, weil man da angeblich genialen Bernsteinschmuck kaufen kann.“
„Ihh, Bernstein!“, trötet Jette. „Das ist doch voll was für Omis!“
„Ja, eben.“ Ich ticke mit dem Zeigefinger an ihre Stirn. „Omi ist ja auch eine Omi.“

Während Alina und Leonie losglucksen, flutschen Jettes Augenbrauen nach oben. Sie muss über diese brandneue Erkenntnis wohl erst mal nachdenken.
Eine Weile essen wir schweigend, dann lenkt Diego das Boot an einer Reihe Hausboote mit riesigen Glasfronten vorbei.
„Wie cool ist das denn!“, ruft Alina. „Meint ihr, da kann man richtig drin wohnen?“
„Wenn man genug Geld hat, schon“, sage ich.
Alina bekommt einen glimmerigen Gesichtsausdruck, als sie erklärt, sie würde jetzt schon anfangen zu sparen. „Später mal in einem Hausboot am Kanal leben … Etwas Schöneres kann ich mir kaum vorstellen.“
„Oh doch!“, sagt Leonie. „Ich ziehe ans Meer. In ein riesengroßes Haus, in dem auch Wursti und Broti Platz haben.“
„Wir könnten ja alle in einem Haus wohnen“, schlage ich in einem Anfall von *Meine-Freundinnen-sind-die-allerbesten* vor. „Also, jeder mit seinem Herzallerliebsten, seinen Kindern, seinen Haustieren und …“
„… seinen Hausstaubmilben“, kichert Jette.
„Das muss dann aber ein ziemlich großes Haus sein“, meint Alina. „Da darf jeder nur ein Kind, ein Tier und einen Herzallerliebsten mitbringen.“
„Ich hatte auch nicht vor, mit fünf Schnuckis zu kommen.“ Jetzt gluckst Jette so laut, dass Diego und Omi zu uns rübergucken.

„Auf jeden Fall müsste es in dem Haus ein Extrazimmer geben, das nur uns gehört“, erkläre ich. „Für unsere Quasselsabbelnachmittage.“

„Es würde ja schon ein Wintergarten reichen, der zum Meer rausgeht“, sagt Leonie und knetet aufgeregt ihre kleine Bauchrolle.

„Au ja!“, quietscht Alina. „Und die Fensterläden müssen himmelblau sein!“

Ich schaue aufs glitzernde Wasser und meine Gedanken driften ab. Vor meinem inneren Auge taucht ein weißes Haus mit blauen Fensterläden auf, ich höre Wellen plätschern, Möwen kreischen, dann geht ein Fenster auf und der süße Zahnspangenfranzose Jean-Pierre lugt heraus.

Ach, du dicker Schmetterling! Habe ich eigentlich noch alle Gehirnzellen beisammen? Jean-Pierre ist ein guter Freund von mir, er lebt in Paris und war schon als Austauschschüler bei uns zu Hause, aber das ist noch lange kein Grund, mir ein gemeinsames Leben mit ihm zusammenzufantasieren.

Jettes Zeigefinger bohrt sich in meine Rippen. „Jean-Pierre“, sagt sie.

„Was ist mit dem?“, frage ich und merke, wie mir die Hitze ins Gesicht schießt. Bestimmt bin ich jetzt feuermelderrot.

„Du hast an ihn gedacht. Hast du doch, oder?“

„Hab ich nicht.“

„Hast du doch, Miss Butterfly."

Jette nennt mich häufig so, weil ich Schmetterlinge über alles liebe und schon eine große Sammlung habe.

„Okay, von mir aus", gestehe ich, weil mich mein glühendes Gesicht sowieso verrät.

„Ist ja nicht so schlimm", meint Alina und knufft mich. „Im Gegenteil. Ich finde das supersüß. Du hast seit ewigen Zeiten ein und denselben Schwarm. Nicht so wie …" Ihr Blick geht für einen Minimoment zu Jette.

„Ja und?", gibt diese eine Spur giftig zurück. „Ich finde es eben langweilig, immer nur für ein und denselben Jungen zu schwärmen."

Das mag ja sein, aber Jette hat in diesem Punkt echt einen mittelschweren Knall. Ein paar Jungs aus unserer Klasse waren schon an der Reihe, mein Nachbar Maiki, mein supersüßer Zahnspangenfranzose und auch mein schöner Bruder Lukas mit den Klimperwimpern. Der letzte in der Riege ihrer Angebeteten ist Leo, der erst vor Kurzem in unsere Klasse gekommen ist. Er ist der Sohn von unserem Mathelehrer, Herrn König, genannt Triefnase.

Mitten in unser Gequassel hinein bimmelt Jettes neues Angeberhandy. Das heißt, es klingelt nicht einfach nur, es quakt wie ein Frosch.

„Meine Mutter", ächzt sie. „Was will die denn jetzt?"

„Nun geh schon ran", sage ich, weil ihr quakendes Ding langsam nervt. „Vielleicht ist es wichtig."

Jette telefoniert eine Weile abseits, dann kommt sie mit schockgefrosteten Gesichtsmuskeln zurück. Oh weh, hoffentlich ist nichts Schlimmes passiert!

„Was ist denn los?“, will ich wissen.

„Nichts.“

„Und warum ziehst du dann so ein Weltuntergangsgesicht?“

„Ist noch Kuchen da?“, sagt sie statt einer Antwort.

„Noch reichlich“, meint Leonie, die die Oberaufsicht über alles hat, was süß und lecker ist. Sie drückt ihr das Kuchenpaket aus dem Café Luise in die Hand und Jette organisiert sich ein Stück Apfelkuchen.

„Jetzt sag schon, Jette!“ Ich zwicke sie ungeduldig.

„Meine Mutter …“ Sie kaut und schmatzt und gibt ab und zu einen wohligen Seufzer von sich.

„Was ist mit der?“

Jette schluckt angestrengt runter, dann sagt sie: „Sie ist in letzter Zeit … irgendwie komisch.“

„Wie, komisch?“, will Leonie wissen.

„Keine Ahnung. Mal total aufgekratzt, mal ganz stumm. Und wenn man sie etwas fragt, glotzt sie einen an, als wäre man eine außerirdische Lebensform.“

„Aha!“, macht Alina und ihr Zeigefinger schnellt vor. „Vielleicht ist sie frisch verliebt.“

Jettes Eltern haben sich getrennt und leben im selben Haus in unterschiedlichen Wohnungen. So kann Jette nach Herzenslust zwischen ihrem hübschen roten

Reich bei ihrer Mutter und ihrem schicken grauen Reich bei ihrem Vater hin und her switchen.
„Ganz bestimmt nicht“, entgegnet Jette eine Spur pampig.
„Woher willst du das so genau wissen?“, frage ich.
Jettes Gesicht versteinert, als sie ihre Brille abnimmt und sie anhaucht.
„Jette“, sagt Alina und rückt ein Stückchen an sie heran. „Leute benehmen sich eben komisch, wenn sie frisch verliebt sind. Das weißt du doch selbst am besten.“
Oh ja, davon kann ich ein Lied singen! Jette ist geradezu das Paradebeispiel für komisches Benehmen im Zuge einer Liebesanwandlung. Es gab Zeiten, da hat sie nur noch in Gedichtsprache dahergeredet und klebrig-süß in sich hineingegrinst.
„Jetzt hört mal auf mit dem Quatsch“, sagt Jette. „Ich will keinen neuen Vater. Außerdem …“ Sie holt tief Luft. „Leute in Mamas Alter verlieben sich doch gar nicht mehr.“
In dem Punkt hat meine beste Freundin unrecht. Aber wenn ich sie jetzt daran erinnere, dass sich Omi Olga erst als Rentnerin in Diego verliebt hat (und zwar so richtig mit Schmackes), rutscht ihre Laune wahrscheinlich bloß noch mehr in den Keller.
„Vielleicht hat sie sich einfach nur ein neues Hobby zugelegt“, überlege ich.

Jette zieht eine wellige Denkerstirn. „Du meinst, sie will plötzlich Felswände hochklettern, Skulpturen aus Bierdeckeln basteln oder Kekse mit Liebesperlen backen?“

„Ja, zum Beispiel.“

Jette tippt sich an die Stirn.

„Oder sie macht einen Bootsführerschein“, sagt Leonie und zieht einen Knutschmund.

Alina schnippt aufgeregt mit den Fingern. „Ich weiß! Sie hat einen Liebesroman geschrieben und endlich einen Verlag gefunden!“

„Ja, ganz sicher“, murmelt Jette. „Wo sie in ihrem Leben gerade mal drei Bücher gelesen hat.“

„Oder du bekommst ein Geschwisterchen“, fährt Alina fort, woraufhin Jette wie von der Tarantel gestochen aufspringt.

„Bist du verrückt? Das wäre ja noch viel schlimmer als ein Liebhaber! Und von wem sollte sie überhaupt schwanger sein?“

„Na, von dem Liebhaber.“

Jette treten Tränen in die Augen. „Ihr seid so fies! Ich weiß gar nicht, warum ich euch das erzählt habe.“

„He, wir wollten nicht gemein sein“, räumt Alina kleinlaut ein. „Wir wollten dir nur helfen.“

Aber zu spät. Schon laufen bei Jette die Tränen. Was wirklich richtig blöd ist. Weil sie so die mega-giga-irrste Bootsfahrt ihres Lebens verpasst. Und alles nur wegen

des bescheuerten Anrufs von ihrer Mutter und weil sich unsere ganzen Spinnereien so hochgeschaukelt haben.
„Weißt du, was?“ Ich beuge mich zu ihr rüber und streichele ihre weiche Wange. „Am besten fragst du deine Mutter. Vielleicht will sie ja auch einfach nur zum Friseur und sich die Haare abschneiden lassen. Oder sich ein neues Kleid kaufen. Und du zermarterst dir völlig unnötig das Hirn.“
„Okay“, nuschelt Jette, was wie *opeee* klingt. Sie zieht die Nase hoch und lehnt ihren Kopf an meine Schulter. „Aber falls ich wirklich einen neuen Vater kriege, Miss Butterfly, darf ich dann zu dir ziehen?“
„Klar“, antworte ich. „Wir müssen nur Lena rausekeln.“ Da wir nicht in einem Palast mit Hunderten von Gemächern leben, teilen meine kleine Schwester und ich uns ein Zimmer.
„Das kriegen wir locker hin“, erwidert Jette und kann schon wieder ein klitzekleines bisschen grinsen.
„Was ist mit mir?“, fragt meine kleine Schwester, die am anderen Ende des Bootes sitzt, aber mit ihren Superohren mal wieder Dinge erlauscht hat, die nicht für sie bestimmt sind.
„Du bist die süßeste kleine Schwester nördlich des Äquators“, rufe ich ihr zu und schmatze kleine Küsschen in die Luft.
„Und du lügst so doll, dass du hoffentlich gleich ins Wasser plumpst!“, entgegnet Lena.

„Jetzt kabbelt euch nicht an meinem Geburtstag“, spricht Omi ein Machtwort.
Gut, dass sie uns daran erinnert. Und weil das so ist, setze ich mich zu ihr und kuschele mich für den Rest der Fahrt an ihren molligen Arm.

# Die Sache mit dem Anschiss

In der zweiten Stunde haben wir Französisch. Französisch ist mein absolutes Lieblingsfach und Frau Hübsch meine absolute Lieblingslehrerin. Wenn es nach mir ginge, müssten wir überhaupt keine anderen Fächer in der Schule haben. Den ganzen Tag lang nur Französisch lernen, zwischendurch leckere Croissants oder Baguette mit französischem Käse futtern – das wäre wie im Paradies. Okay, vielleicht würde ich mir auch noch Kunst bei Herrn Meyer, Schmetterlingskunde bei Keine-Ahnung-wem und Deutsch bei unserer Klassenlehrerin Frau Müller-Stegemann gefallen lassen. Seit Frau Müller-Stegemann in der Elternzeit ist, unterrichtet uns Papi in Deutsch, was weniger prickelnd ist. Am liebsten würde ich ihn die ganze Zeit siezen und Herr Hansen zu ihm sagen, aber weil das total albern wäre und ich ihn ja wohl schlecht mit *Herr Papi* ansprechen kann, beiße ich mir lieber die Zunge ab, bevor ich auch nur einen Mucks von mir gebe.

Papi hat bisher nichts gesagt, doch ich befürchte, im Mündlichen stehe ich längst nicht mehr auf Zwei.
Heute nehmen wir das *passé composé* mit *avoir* und *être* durch, nur leider kann ich mich kein bisschen konzentrieren. Was daran liegt, dass Omi heute Vormittag zur Testamentseröffnung ihrer Freundin Ingrid geht und ich gespannt wie ein Flitzebogen bin, was sie wohl geerbt haben mag. Vielleicht ein Haus am Meer? Ein megafettes Bankkonto? Eine wertvolle Münzsammlung? Mir wäre alles recht, Hauptsache, es sind keine alten muffigen Pelzmäntel dabei. Ich finde es nämlich grausam, Tiere zu ermorden, nur um sich danach in ihr Fell zu kuscheln.
„Mia“, wispert Streber-Christi neben mir.
„Was?“, wispere ich zurück.
„Du hörst ja gar nicht zu.“
Ups, erwischt. Schon seit einiger Zeit starre ich aus dem Fenster und lasse die französischen Wörter wie eine schöne Melodie an mir vorbeiziehen.
„Alles okay bei dir?“, zischelt Christi wieder.
Ich nicke. Da Alinas Händchenhaltefreund Kaspar, genannt Mr Rülps, gerade an der Tafel steht und die Verben *manger* und *aller* konjugiert, nutze ich den Moment und erzähle im Flüsterton von der Erbschaft. Christis teichgrüne Augen werden noch eine Spur teichgrüner. Dann schreibt sie ein *Wow* mit drei Ausrufezeichen in ihr Vokabelheft.

„Erst mal abwarten. Vielleicht erbt sie ja auch nur ein klappriges Fahrrad."
„Mia? Christi?" Frau Hübsch fährt so plötzlich herum, als wäre ein Chinaböller in ihr explodiert. „Jetzt seid aber bitte mal still!"
Shitikowski ... Sie hat unser Getuschel die ganze Zeit über mitbekommen!
Während Streber-Christi den Blick senkt und etwas in ihr Heft kritzelt, nicke ich eifrig. Meine Lieblingslehrerin hatte noch nie Grund, mich anzumeckern. Ich war in ihrem Unterricht immer total aufmerksam und fleißig, fast schon so streberhaft wie Christi. Dass sie es eben getan hat, ist mir mega-giga-irre peinlich. Die fiese Falte, die zwischen ihren hübschen Augenbrauen aufgetaucht ist! Die hat sie sonst nur, wenn die Blödiane aus unserer Klasse Unsinn machen.
Für den Rest der Stunde sitze ich wie eine Wachsfigur auf meinem Platz und sage keinen Piep. Was Christi tut, weiß ich nicht, weil ich es nicht mal wage, in ihre Richtung zu schielen. Einmal hebe ich zaghaft die Hand, doch Frau Hübsch nimmt mich nicht dran.
Als es klingelt, bin ich so fix und foxi, dass ich fast losheule.
Jette kommt, ihre Brotdose unter die Achsel geklemmt, zu uns rüber und kichert wie blöde. „Ich fasse es nicht! Ausgerechnet die beiden Franz-Streberinnen!"
„Das ist nicht witzig", sage ich.

„Reg dich ab. Jeder kriegt mal einen Anschiss."
„Aber nicht ich. Und schon gar nicht in Französisch."
Ich scanne unauffällig das Lehrerpult, wo Frau Hübsch ihre Sachen zusammenpackt. Gesichtsausdruck: irgendwas zwischen undurchdringlich und neutral. Schwer einzuschätzen, ob sie innerlich kocht oder mit ihren Gedanken bereits bei der nächsten Stunde ist.
Mit einem Satz bin ich bei ihr.
„Frau Hübsch, haben Sie mal einen Moment Zeit?"
„Sicher, Mia."
Wieder steht diese fiese Sorgenfalte zwischen ihren Augenbrauen, als ich mir eine Entschuldigung zurechtstottere. Zum Glück kommt Christi angehuscht und entschuldigt sich ebenfalls.
„Natürlich ist eine Erbschaft eine aufregende Angelegenheit, Mia. Aber ich verstehe nicht, warum ihr euch nicht in der Pause darüber austauschen könnt."
„Machen wir ja auch", sage ich mit megaleisem *Es tut mir echt leid*-Stimmchen. „Es war nur ... also, weil meine Omi genau in dem Moment den Termin beim Notar hatte."
Frau Hübsch nickt. Ein Lächeln umspielt ihren Mund. „Ich weiß ja, dass ihr sonst immer aufmerksam seid."
„Danke, Frau Hübsch", sagen Christi und ich wie zwei brave Klosterschülerinnen, dann machen wir, dass wir in die Pause kommen.

Die Sache mit dem Anschiss war so anstrengend, dass ich mein Tomaten-Käsebrot gegen Christis eingeschweißtes süßes Teilchen eintausche. Christis Mutter gibt ihrer Tochter nie leckere Schulbrote mit. Sie bekommt immer nur pappigen Süßkram in Plastikfolie, aber heute kann es mir gar nicht zuckrig und pappig genug sein.
„Danke, dass du mir geholfen hast", sage ich zu Christi, die genüsslich quietschend in mein Brot beißt.
„Na, klar. Ich hab schließlich als Erste geflüstert." Sie zieht eine Tomatenscheibe hervor und betrachtet sie, als hätte sie so etwas Frisches und Gesundes noch nie in ihrem Leben gesehen.
„Christi, das ist eine Tomate", klärt Jette sie mit todernster Miene auf. „Tomaten wachsen in den Supermärkten unter Plastikfolien. Manche werden auch in Hamburgern geboren."
Christi bekommt einen Kicheranfall, wir gackern eine Runde mit ihr, dann verkündet Christi: „Mädels, ich hab gerade was beschlossen."
„Und was?", frage ich.
„Dass ich ab jetzt auch lieber richtiges Brot mit leckeren Sachen drauf in die Schule nehmen möchte."
„Wenn deine Mama morgens so in Eile ist, kann sie die Brote ja abends schmieren", schlage ich vor.
„Oder ich stehe fünf Minuten eher auf und mache sie mir selbst", sagt Christi.

Jette und ich finden, dass das eine supertruper Idee ist. Bleibt nur die Frage, wie ich künftig an Notfalltagen an mein ungesundes süßes Teilchen komme?

„Na, ihr Lieben, wie schmeckt euch der Borschtsch?", höre ich eine tirilierende Stimme, als ich nach der Siebten zu Hause eintrudele.
Ich streife die karierten Turnschuhe von den Füßen, schleudere meine Überlebenstasche in die Ecke, dann stürme ich in die Küche. Meine ganze Familie, einschließlich Omi Olga, hat sich um den Küchentisch versammelt und mampft.
„Erzähl, Omi!", japse ich wie ein asthmakranker Hund. „Wie war's?"
„Nun setz dich doch erst mal und probier die Suppe. Die habe ich gestern schon vorgekocht, ganz lecker mit Roter Bete. Da sind nicht nur die Knollen drin, sondern auch die Stängel und die Blätter. Eigentlich ist das streng genommen gar kein Borschtsch, meinte meine Polnischlehrerin, aber …"
„Omi!", unterbreche ich sie. Ihr Vortrag über polnische Suppe interessiert mich im Moment herzlich wenig. „Wie war's? Was hast du denn nun geerbt?"
Ein froschmaulbreites Grinsen gleitet über Omi Olgas Gesicht. „Etwas ganz, ganz Schönes!"

„Und was?“ Ich werde immer hibbeliger und kribbeliger. Ein Haus am Meer? Das wäre ja so mega-giga-irre schön!
„Na ja, wie soll ich das jetzt sagen …“ Omi zieht eine Schnute, rollt mit den Augen und schielt ein bisschen.
„Am besten so, wie es ist“, wirft Mami ein und kichert unterdrückt.
Irgendwie benehmen sich alle gerade ziemlich komisch.
„Also gut, mein Schmetterling, ich habe einen alten Tisch geerbt“, dringt Omis Stimme nur schneckenlangsam in mein Bewusstsein.
„Häh?“, mache ich. Die rosaroten Seifenblasen, die seit heute Morgen vor meinem inneren Auge schweben, machen *puff* und *plopp*.
Omi Olga grinst noch eine Spur breiter. „Einen Tisch mit vier …“
„Beinen?“, frage ich dazwischen.
„Ja, und mit vier Schubladen. Richtig schön aus Holz.“
Ist das wirklich wahr? Hat Omi tatsächlich nur einen ollen Holztisch mit vier Schubladen geerbt?
Ich gucke in die Runde, aber alle blicken total ernst drein. Kein verstecktes Grinsen, kein verstohlenes Gekicher, nichts.
Papi rührt in der dunkelroten Suppe auf seinem Teller, Mami streicht Josefinchen, die mit ihrem

Plastiklöffel ein Schlagzeugsolo auf dem Küchentisch spielt, übers spärliche Haar, Lena popelt in der Nase und Lukas glotzt unter dem Tisch auf sein Handy, was eigentlich bei uns verboten ist. Beim Essen darf niemand auf dem Handy rumspielen oder telefonieren.

„Also gut, Mia. Um ehrlich zu sein, habe ich auch den Inhalt der Schubladen geerbt."

„Und was ist in den Schubladen so drin?", frage ich, während ich auf meinen Stuhl plumpse. Vielleicht hat Omis Schulfreundin wenigstens ihr Sparbuch hineingepackt. Oder einen Stapel Goldbarren.

Omi lächelt angestrengt. „Ich weiß es nicht. Wahrscheinlich jede Menge Krimskrams."

Suppenduft steigt mir in die Nase, als Mami mir eine Kelle Borschtsch auffüllt.

„So was wie Mias Schmetterlingssammlung?", fragt Lena.

„Spinnst du?", fauche ich. „Meine Schmetterlinge sind überhaupt kein Krimskrams. Aber deine rosa Plüschtiersammlung und die pinken Plastikblumen auf deinem Nachttisch, das ist Krimskrams."

Während Lena beleidigt die Arme vor der Brust verschränkt, brummt Lukas in seinen Oberlippenflaum, der seit einiger Zeit ankündigt, dass aus ihm später doch kein Grottenolm, sondern ein echter Mann wird: „Kann man so oder so sehen."

„Kann man nicht, meine Schmetterlingssammlung ist … überlebenswichtig!“, stoße ich hervor. „Ganz im Gegensatz zu rosa Plüschtieren!“
Omi greift nach meiner Hand und streichelt jeden Finger einzeln. „Jetzt beruhige dich mal wieder, mein Schmetterling. Für Lena sind rosa Plüschtiere überlebenswichtig, für dich Schmetterlinge. Das ist bei jedem Menschen anders. Ingrid hatte eine Vorliebe für Tüdelkram vom Flohmarkt.“
„Und du hast wirklich kein Haus am Meer geerbt?“, frage ich zur Sicherheit nach und probiere die Suppe. Hm, schmeckt richtig gut!
„Ein Haus am Meer? Wie kommst du denn darauf?“
„Du hast doch mal gesagt, dass Ingrid stinkreich ist.“
„Oh ja, das stimmt. Jedenfalls auf dem Bankkonto. Dafür hat sie umso bescheidener gelebt und jeden Cent für ihren Neffen zurückgelegt.“ Sie zieht ein Saure-Gurken-Gesicht. „Ich will ihr Geld ja gar nicht. Ich hab genug zum Leben und um mir mal eine schöne Reise mit Diego zu leisten. Aber dieser Neffe …“ Omi schnaubt wie ein Pferd. „Der ist ein Halunke. Er hat Ingrid nicht einmal besucht! Auch nicht, als sie schon krank war.“
Offen gestanden bin ich enttäuscht. Ich weiß, dass Omi nicht raffgierig ist, aber ich hätte ihr schon ein nettes kleines Sümmchen gegönnt. Weil sie so ein gutes Herz hat und sogar ihr heiß geliebtes Rolling-

Stones-Shirt weggeben würde, nur um einem anderen Menschen eine Freude zu machen.
„Hm, ist ja jetzt echt doof“, brummt Lena.
Alles klar. Sie hat insgeheim darauf spekuliert, ein paar Scheinchen abzustauben. Weil sie Computerspiele über alles liebt und weil die nicht gerade billig sind.
„Jetzt ist aber mal gut“, erklärt Mami und nimmt Josefinchen den Löffel aus der Hand. Die musikalischen Fähigkeiten meiner Babyschwester sind wirklich beeindruckend, doch langsam droht uns allen das Trommelfell zu platzen. „Es geht im Leben nicht immer nur um Geld. Olga und Ingrid hatten eine schöne innige Freundschaft, das ist ja wohl viel wichtiger.“
Omi lächelt tapfer, aber an ihrer Runzelstirn sehe ich, dass sie ein bisschen geknickt ist. Es ist einfach ungerecht, dass dieser blöde Neffe, dem seine Tante schnurzpiepegal war, jetzt das ganze Geld verprassen kann.
Wir wechseln das Thema. Papi erzählt, dass die Schulbibliothek im neuen Schuljahr von Grund auf umgestaltet, sprich erweitert wird, und ich esse noch einen zweiten Teller Suppe.
„Vielleicht war Ingrid ja gar nicht so eine tolle Freundin, wie du geglaubt hast“, sage ich, als ich Omi später zur Tür begleite.

„Doch, das war sie, mein Schmetterling."
„Und warum hast du dann nur diesen doofen Tisch geerbt?"
„Ach, mein Herzchen!" Omi seufzt. „Ich bin alt und brauche nicht mehr viel. Der Neffe kann das Geld bestimmt in seine Ausbildung oder sein Studium stecken."
Wenn er nicht schon vorher alles für einen schnittigen Sportwagen ausgegeben hat, denke ich und sage: „Vielleicht hat deine Freundin ja etwas richtig Tolles in den Schubladen aufbewahrt. Münzen aus der Bronzezeit oder so."
Omi drückt mich an sich. „Weißt du, was, mein Schmetterling? Viel kostbarer als Reichtümer sind die schönen Erinnerungen, die man an die Freundin hat. Und die kann mir niemand wegnehmen."
Da hat Omi allerdings recht. Ich überlege: Was würde es nützen, später einmal Leonies Haus am Meer, Jettes Villa in *keine-Ahnung-wo* oder Alinas wertvolle Schmucksammlung zu erben, wenn die Erinnerungen an die drei futsch wären?
Und weil ich plötzlich einen ganz schrecklichen Jette-Sehnsuchts-Anfall kriege, bitte ich sie, mir doch ein paar ihrer schönsten Selfies rüberzuschicken. Einfach nur so. Um ihr süßes Grinsegesicht immer bei mir zu haben.

# Jubilierende Lungen

Es klingelt.
Und noch einmal.
„Grmpf", mache ich und drehe mich auf die andere Seite. Ein Teil in meinem Hirn sagt mir, dass heute Samstag ist. Samstag bedeutet bis in die Puppen schlafen, gemütlich frühstücken und danach irgendwas anderes Gemütliches tun. Zum Beispiel mit meinen Freundinnen und den Hunden durch den Park am Weiher laufen, die Osterstraße unsicher machen oder einfach nur zu Hause auf dem Balkon lesen und in mein Tagebuch schreiben. Im Moment befinde ich mich allerdings noch im Halbschlaf und will den Traum zu Ende träumen. Gerade sitze ich nämlich in einem Ruderboot, die Sonne wärmt mir den Nacken und der süße Zahnspangenfranzose winkt mir vom Ufer aus zu …
*Ding-dong*, macht es wieder.
Ruhe!, will ich rufen, aber mein Sprachzentrum ist dummerweise noch nicht in Betrieb.

*Ding-dong-ding-dong-dong-ding-dong!*
„Mia, mach doch mal auf!“, tönt es genervt hinter dem Stoffvorhang, der unser Zimmer in zwei Hälften teilt.
„Mach du doch auf!“ krächze ich und drehe mich auf die andere Seite. Mist, jetzt bin ich hellwach. Gemurmel dringt an mein Ohr, im nächsten Moment wird die Tür aufgerissen und Jette platzt herein. Jette in ihren roten Schlafshorts, einem ausgeleierten T-Shirt, wirren Blondhaaren und mit schief sitzender Brille.
Ich richte mich auf und reibe mir die Augen. Vielleicht halluziniere ich ja und habe mir das Klingeln genauso eingebildet wie Lenas schlaftrunkenes *Mach doch mal auf!* und Jettes Auftauchen in meinem Zimmer.
„Jette, bist du das?“, frage ich zur Sicherheit nach.
„Ja, wer denn sonst?“, blafft sie.
„Könnt ihr mal still sein, ich schlafe noch!“, murrt Lena.
Ich schiele auf meinen Snoopywecker und kriege fast einen Schlag. Es ist erst kurz nach sechs!
„Ist was passiert?“, frage ich erschrocken. Jette ist noch nie am Wochenende so früh in mein Zimmer marschiert und sie war auch noch nie so mehlwurmbleich.
„Kann man so sagen.“ Sie rückt ihre Brille gerade und erst jetzt sehe ich, dass sie geweint hat.
Shitikowski! Habe ich etwa irgendwas verbrochen und Jette ist megastinkig auf mich? Aber ich kann mich nicht mal erinnern, dass wir Stress hatten.

Gestern Abend hat sie mir doch noch ganz süß ihre Selfies geschickt.
„Erzähl. Was ist los?"
Jette lässt sich auf mein Bett plumpsen und heult im nächsten Moment wie ein Schlosshund los.
Ach, du dickes Dinosaurierei! Es muss ihr richtig, RICHTIG mies gehen.
Ich befreie sie von einer Haarsträhne, die sich zwischen Augen und Brillengläser verirrt hat, da steckt meine kleine Schwester ihren Kopf durch den Stoffvorhang.
„Äh", sagt sie.
„Was, äh?"
„Könnt ihr … äh … vielleicht draußen … äh … heulen und … äh … reden? Ich bin noch so müde!"
Obwohl es gerade richtig kuschelig warm in meinem Bett ist, schlage ich die Decke beiseite, schlüpfe in meine Schmetterlingshausschuhe und lotse Jette auf den Flur.
Mami kommt uns im Morgenmantel entgegen.
„Geht mal in die Küche. Ich hab Kakao gekocht."
Jette bedankt sich, aber als Mami sich anbietet, sich zu uns zu setzen – vielleicht könne sie irgendwie helfen –, schüttelt Jette ihre ehemaligen Glanzhaare.
„Da kann niemand helfen", krächzt sie wie ein Krächzomat, der gleich seinen Geist aufgibt.
Ich schiebe Jette zu meinem Lieblingsstuhl am Fens-

ter, als wäre sie eine alte, gebrechliche Omi, dann schenke ich uns ein. Kakao hilft eigentlich immer – bei Freundschafts-Kummer, bei Schul-Kummer und auch einfach nur so. Doch Jette heult nach dem ersten Schluck nur noch schlimmer.
„Der schmeckt ja so lecker!“, japst sie in einer Heulpause.
„Ja, ich weiß. Du kannst auch noch mehr haben.“
Mami macht nämlich den weltbesten Kakao. Was daran liegt, dass sie nicht nur Pulver in Milch auflöst, sondern auch ein bisschen echte Schokolade dazugibt.
Jette nickt und starrt mich aus glasigen Augen an.
„Hab ich was falsch gemacht?“, frage ich.
Sie schüttelt ihren wirren Haarteppich.
„Hast du Liebeskummer?“
Wieder fliegen ihre Haare hin und her.
Das ist jetzt echt komisch. Wenn Jette Kummer hat, steckt doch meistens irgendein Junge dahinter.
„Los, erzähl schon!“ Langsam werde ich wirklich zappelig. Erst klingelt sie mich aus dem Bett, weil sie mir was Oberwichtiges zu sagen hat, und dann heult sie nur, schüttelt ihre Haare und trinkt Kakao.
„Ich kann nicht.“
„Okay, ich gehe jetzt wieder ins Bett“, erkläre ich. Ich meine es ernst, wirklich ernst.
„Nein, bleib!“ Sie krallt sich wie ein Gorillaweibchen

an meinem Arm fest, ihre Augen funkeln hinter den Brillengläsern.
„Meine Mutter …“
Pause, Pause, Pause.
„Was ist mit deiner Mutter?“
„Sie … sie … sie …“
„Ist sie krank?“
„Schlimmer!“, japst sie.
Ehrlich gesagt kann ich mir kaum etwas Schlimmeres vorstellen, als dass die Eltern krank sind.
Jette greift nach ihrem Kakaobecher und starrt hinein, dann sagt sie mit Roboterstimme: „Mei-ne-Mutter-zieht-nach-Sylt-und-ich-muss-mit.“
„Häh?“, mache ich, weil mein Gehirn nicht in der Lage ist, die Töne, die eben an mein Ohr geschwirrt sind, in Wörter zu übersetzen.
„Ich ziehe weg, Mia! Was ist daran so schwer zu kapieren?“
Ihr Kopf sackt mit einem Rums auf den Tisch und jetzt macht es bei mir endlich klick. *Jette zieht weg, Jette zieht weg, Jette zieht weg*, rattert es in Dauerschleife durch mein Hirn.
Ein paar Sekunden verstreichen, dann guckt Jette wieder hoch. Ihre Augen sind kaninchenrot.
„Du sagst ja gar nichts. Findest du das etwa gar nicht schlimm?“
Und ob ich das schlimm finde! Sogar so megaschlimm,

dass sich mein Mund papsig anfühlt, mein Schädel dröhnt und meine Beine wackeln.
„Du sollst nicht wegziehen!“, jaule ich und falle ihr heulend in die Arme.
„Glaubst du vielleicht, ich will das?“, winselt Jette. Und wären jetzt Leonies Hunde Wursti und Broti bei uns, würden sie bestimmt in unser Gewinsel und Gejaule einstimmen. Mami schaut einmal mit besorgter Miene herein und fragt, ob sie was für uns tun kann oder ob wir reden möchten, aber ich wedele bloß mit der Hand. Ich will jetzt mit Jette allein sein. Mit meiner besten Freundin, die ich trotz unserer Kabbeleien so schrecklich gernhabe.
Es dauert eine ziemliche Weile, bis der Orkan in meinem Kopf wieder abzieht, dann schnäuze ich mich, nehme einen Schluck Schokolade und frage mit zittriger Krächzstimme: „Und steht das schon wirklich fest? Ich meine, zu hundert Prozent?“
Jettes Blick geht an die Decke. „Na ja … zu achtundachtzig Prozent vielleicht.“
Achtundachtzig Prozent. Das heißt, es besteht immer noch eine zwölfprozentige Wahrscheinlichkeit, dass sie doch hierbleibt. Und an diese mickrigen zwölf Prozent klammere ich mich wie an einen Rettungsring.
„Warum überhaupt Sylt?“, frage ich. „Was will deine Mutter da denn machen? Von morgens bis abends Halligalli?“

Jettes Augenlider fangen wild an zu zucken. „Ihre Freundin Tina hat eine Apotheke in Westerland. Da kann sie mit einsteigen.“ Jetzt flattern auch noch ihre Wimpern. „Und du weißt doch, wie Mama auf Sylt, Krabbenfuttern und Teure-Klamotten-Shoppen steht.“

Das stimmt. Frau Joost liebt die nordfriesische Insel so sehr, dass sie öfter übers Wochenende hinjettet. Jette durfte auch ein paarmal mitkommen und fand es dort mega-giga-irre. Kilometerlange weiße Sandstrände, hohe Wellen, Muscheln und kreischende Möwen.

Genau das ist der Punkt, der mir gerade ziemlich zu schaffen macht. Was, wenn Jette sich so heftig in das Inselleben verknallt, dass sie ihre drei Freundinnen in Hamburg, die Osterstraße und den kleinen Park am Weiher ratzfatz vergisst?

„Mama meint, es gibt da super Schulen“, fährt sie fort. „Und die Luft ist angeblich so gesund, dass meine Lungen jeden Tag jubilieren.“ Sie sieht mich an und schon wieder glitzern Tränen in ihren Augen. „Ich will aber gar keine jubilierenden Lungen, verstehst du das? Ich will euch!“

Ich nicke so heftig, dass mir beinahe die Schmetterlingshaarspange aus dem Haar rutscht. Zum Glück sieht Jette das genauso wie ich. Nur was nützt uns das? Frau Joost wird deswegen bestimmt nicht auf ihr neues Leben an der Nordsee verzichten.

„Jette“, sage ich und greife nach ihrer Hand, die ohne den roten Glasring, den sie sonst immer trägt, ganz schrecklich blass und spinnendünn aussieht.
„Ja?“, piepst sie.
„Wann wäre das überhaupt? Also, ich meine, falls du tatsächlich wegziehst ...“
Die Küchenuhr hört einen Moment auf zu ticken, die Luft vibriert und dann sagt sie:
„Ähm.“
„Ähm?“
„Na, zum nächsten Schuljahr“, druckst sie. „Aber wir würden natürlich schon in den großen Ferien umziehen.“
Ich spüre einen Stich in meiner Herzgegend. Fast so schlimm, als würde sich ein Pfeil hineinbohren.
„Nein, Jette!“ Ich kralle mich an ihrem Arm fest. Es könnte nämlich sein, dass ich gleich vom Stuhl kippe. „Das ist ja gar nicht mehr lange hin!“
Jette sieht mich mit Trauerkloßmiene an.
„Verstehst du jetzt, warum ich dich so früh aus dem Bett geklingelt habe?“
Oh ja, das verstehe ich sehr gut. Ich hätte an Jettes Stelle auch nicht mehr schlafen können. Denn schließlich ist die Sylt-Sache nicht nur einfach irgendein Pillepalle-Ding. Wenn Frau Joost wirklich Ernst macht und von hier wegzieht, wird nichts mehr so sein wie zuvor.

*Liebes Tagebuch,*

*seit heute Morgen ist meine Welt ein Trümmerhaufen. Schlimmer: ein sumpfnattriges Sumpfgebiet. Noch schlimmer: das Vorzimmer zur Hölle.*

*Jawohl, HÖLLE!*

*Ich fasse mich kurz: Jette zieht eventuell / sehr wahrscheinlich mit ihrer Mutter nach Sylt. Weg von mir. Weg von Alina und Leonie. Weg von unserer Schule. Weg von unserer Ballettgruppe. Weg von ihrem Schwarm Leo. (Hammer, oder?)*

*Was das für mich bedeutet:*

*1. Es gibt keine Treffen mehr in ihrem roten Reich.*

*2. Auch nicht in ihrem grauen Reich. Es sei denn, sie kommt mal am Wochenende zu Besuch und darf dann weiter in ihrem grauen Reich wohnen.*

*3. Jette wird mich nie wieder mit ihrer Gedichtsprache nerven, wenn sie verliebt ist.*

*4. Sie wird auf Sylt neue Freundinnen finden, die sie mit ihrer Gedichtsprache nervt, falls sie sich verlieben sollte. (Schnief, das wäre ja so grausam!)*

*5. Vielleicht wird sie sogar eine neue beste Freundin finden. Die Vorstellung ist noch grausamer für mich. Das darf nicht passieren, niemals!*

*6. Wir werden auch nie wieder in den Pausen herumstehen und über Mr Rülps, Henning und Lars lästern.*

*7. Wenn sie Liebeskummer hat, werde ich ihr nicht beistehen können.*
*8. Hilfe, ich vermisse sie schon jetzt ganz schrecklich. Auch wenn ich immer noch hoffe, dass Frau Joost es sich anders überlegt.*
*9. Omi war ganz traurig, als ich ihr davon erzählt habe. Sie meinte, sie könne sich das gar nicht vorstellen. Weil Jette und ich einfach wie Buttermilch mit Spucke zusammengehören. Hm, gehören Buttermilch und Spucke zusammen? Egal.*
*10. Jetzt kann ich mich gar nicht mehr richtig auf die Sommerferien und unseren Familienurlaub an der Ostsee freuen. Mist, Mist, Mist!*

Es ist Samstagnachmittag, draußen trommelt ein warmer Sommerregen ans Fenster und Alina, Leonie, Jette und ich hocken in Jettes grauem Reich. Hier ist zwar alles ziemlich depri – nicht mal Leonies Hunde durften wegen Dreckpfoten-Alarm auf dem Edelteppich mitkommen –, aber keine von uns hatte Lust, der ehemals netten Frau Joost über den Weg zu laufen. Wenn man mich fragt, sind Mütter, die Kinder ihrem Umfeld entreißen, nur weil sie Lust auf Krabbenfuttern und Meereswind haben, kein bisschen nett. Im

Gegenteil: Sie sind megaegoistisch und megagemein. Mami würde so was garantiert nicht tun!

„Wie, zu achtundachtzig Prozent?“, fragt Leonie und knabbert verzweifelt eine Salzstange weg, die aus Herrn Joosts Vorräten stammt. Ein Wunder, dass er so was überhaupt im Haus hatte. Laut Jette ist der Kühlschrank ihres Vaters meistens gähnend leer. Weil er sowieso immer essen geht oder sich Sushi und anderes Edelfutter von unterwegs mitbringt.

„Hast du in Mathe nicht aufgepasst?“, motze ich.

„Doch, aber, äh ...“ Sie zieht ein gequältes Gesicht und massiert ihr Bauchröllchen.

„Tut mir leid, Leonie“, entschuldige ich mich gleich wieder. „Ich bin nur so fix und foxi.“

„Und ich erst“, stöhnt Alina. „Wie kann deine Mutter so was nur ernsthaft überlegen? Was fehlt ihr denn in Hamburg?“

Jettes Schultern zucken auf und ab. Sie sieht so zart und schmal aus, als könnte sie eine schwache Windböe umpusten.

„Sie meinte, sie geht jetzt auf die fünfzig zu.“

„Ja und?“, entgegne ich. „Meine Mami geht auch auf die fünfzig zu und zieht deswegen trotzdem nicht nach Sylt.“

„Und dass sie ihr Leben noch mal umkrempeln möchte.“ Alina stößt einen verzweifelten Kiekser aus. „Und dann muss sie dein Leben gleich mit umkrempeln?“

Jette zuckt mit den Achseln. „Mama versteht nicht, warum ich mich gar nicht freue. Sie meint, jede andere würde vor lauter Happysein austicken.“ Sie nimmt ihre Brille und wischt sich verstohlen eine Träne aus dem Augenwinkel. „Ich bin aber nicht *jede andere.*“

„Zum Glück nicht.“ Ich lege meinen Arm um sie. „Sonst wäre ich garantiert nicht so dick mit dir befreundet.“

Ein mikrozartes Lächeln huscht über ihr Gesicht, bevor sie wieder auf Trauerkloßmiene umschaltet. „Ich will nicht von euch weg! Ich will auch nicht aus Hamburg weg! Und ich will schon gar nicht auf eine andere Schule!“

Wir nicken. Keine von uns würde das wollen. Es muss schlimm sein, an einem fremden Ort bei null anzufangen. Ohne dass man irgendjemanden kennt.

„Du, Jette?“, sage ich und stupse sie zart an. „Was wird dann eigentlich aus unserer Ballettstunde?“

Seit eh und je gehen wir einmal die Woche zu Frau Georgi zum Ballett. Jette ist ein echter Ballett-Fan. Sie liebt das Training an der Stange, sie liebt es, Pirouetten zu drehen, und das Schönste für sie ist, wenn sie bei den Aufführungen ein Tutu tragen darf.

„Ballett?“, kreischt sie und bäumt sich auf, als wäre ein Außerirdischer in sie gefahren. „Daran habe ich ja noch gar nicht gedacht! Ich kann ohne Ballett nicht leben! Das halte ich nicht aus!“

„Bestimmt gibt es auch auf Sylt eine Ballettschule“, meint Leonie.
Ich weiß, sie hat es nur gut gemeint, doch jetzt rastet Jette erst recht aus. Sie schleudert ihre Haare hin und her und schreit, dass sie aber nur in Hamburg zum Ballett gehen will und bloß mit mir und dass Frau Georgi die einzig gute Lehrerin weltweit ist, ob Leonie vielleicht sogar froh wäre, wenn sie endlich weg ist.
„Sag doch so was nicht!“
Leonie knetet immer heftiger ihre Bauchrolle und ich kann ihre Verzweiflung gut verstehen. Auch wenn sich die beiden ab und zu mal in die Haare kriegen, ist das noch lange kein Grund, Leonie so etwas Gemeines zu unterstellen.
„Das ist jetzt echt unfair, Jette“, sagte ich. „Leonie freut sich garantiert nicht, wenn du wegziehst.“
Jette schnaubt noch einmal, dann nickt sie und schickt Leonie einen entschuldigenden Schmatzer. „Tut mir leid, ich stehe irgendwie total neben mir.“
Einen Augenblick ist es beklemmend still. Während meine Blicke durch das eisgraue Zimmer wandern (hier fängt man selbst im Sommer an zu bibbern), lässt Jette ihren Kopf trauerweidenartig hängen.
Sie schweigt. Alina schweigt. Leonie schweigt. Und auch ich sage keinen Piep.
Als es kaum noch auszuhalten ist, schüttelt Jette ihre Glanzmähne und presst hervor: „Leo!“

Ja, ich weiß, Jette findet ihn prickelnd süß wie Brausepulver. Mit anderen Worten: Sie ist so verknallt in ihn, dass kleine Fischchen ihre Füße kitzeln und sie ab und zu in Gedichtsprache daherredet. Ob er sich allerdings auch in sie verknallt hat, steht in den Sternen. Ehrlich gesagt glaube ich, dass er noch ein Babyjunge ist, der in nichts und niemanden verknallt ist – außer in seinen Fußballverein SC Freiburg.

„Wenn ich auf Sylt bin, kann ich ja gar nicht mehr für ihn schwärmen“, fährt sie fort.

„Warum denn nicht?“, fragt Alina.

Ich hoffe, dass sie als die Liebesexpertin von uns vieren einen superschlauen Ratschlag für Jette parat hat. Einfach damit sie nicht noch mieser draufkommt.

Jette rollt mit den Augen. „Weil er nicht gleichzeitig hier und auf Sylt zur Schule gehen kann?“

„Schlag ihm vor, dass ihr euch schreibt.“

„Ganz toll.“ Jette grunzt wie ein Ferkel. „Ich will aber nicht mit ihm in irgendeiner doofen Internetgruppe sein, wo noch tausend andere Leute ihre doofen Kommentare ablassen.“

Alina wickelt nachdenklich eine Haarsträhne um ihren Finger. „Das meine ich auch nicht“, sagt sie nach einer gefühlten Ewigkeit. „Also, wenn ich du wäre und Leo Kaspar, dann würde ich ihm vorschlagen, dass wir uns ganz romantisch Postkarten oder Briefe schreiben. So wie die Leute das früher gemacht haben, als

es noch keine Handys gab.“ Sie bekommt einen richtig glimmerigen Blick, als sie fortfährt: „Meine Mama hat eine ganze Schachtel voller Briefe von früher.“
Jette seufzt erst leise, dann lauter, bevor sie walrossartig losschnaubt. „Kann ja sein, dass das bei Mr Rülps und dir hinhauen würde, aber Leo und ich sind ja gar nicht zusammen. Wieso sollte er sich da romantische Briefe mit mir schreiben wollen?“
Alina zieht erschrocken die Augenbrauen hoch. „Keine Ahnung. Weil es etwas Besonderes wäre? So einen Brief kann man anfassen, dran schnuppern, unters Kopfkissen legen …“
Doch Jette scheint im Moment kein Interesse daran zu haben, Briefe zu beschnuppern oder sie sich unters Kopfkissen zu legen. Sie wirft sich auf ihr Bett mit dem aschgrauen Überwurf, schnieft nur noch und rollt sich zur Schnecke zusammen. Ich weiß nicht, der wievielte *Mein Herz blutet*-Anfall das ist – garantiert schon der fünfte oder sechste.
„Jette“, sage ich und streichele tröstend ihre Schulter.
„Was machen wir denn jetzt?“ Leonie knautscht verzagt ihre Knutschlippen.
„Erst mal normal weiterleben“, schlage ich vor.
„Genau“, sagt Alina. „Und auf die zwölf Prozent hoffen.“
„Wollen wir rausgehen?“, frage ich. „Und uns ein paar Lakritzschnecken holen?“
*Lakritzschnecke* ist ein gutes Strichwort. Jette setzt

sich auf, streicht sich die Haare glatt und kramt in der eisgrauen Nachttischschublade. Sie findet einen Zehner, der total zerknittert ist. „Okay, ich lade euch ein."
„Yippie!", ruft Leonie.
„Oh ja!", ruft Alina.
„Yeah!", tröte ich hinterher.
Und dann huschen wir in den Sommerregen, als wäre es ein Tag wie jeder andere auch.

# Fischstäbchenpanadig braun

Es ist große Pause und Jette, Alina, Leonie und ich stehen mit Christi, Mr Rülps und Leo zusammen. Draußen unter der großen, Schatten spendenden Kastanie.
„Echt, du ziehst nach Sylt?“, fragt Leo. „Ist ja megacool!“
„Megacool wäre es, wenn ich hierbleiben dürfte“, entgegnet Jette. Zum Glück hat sie nicht gerade ihren Schmachtblick aufgelegt, sondern guckt stinknormal.
Leo schiebt seine Hände so tief in seine Hosentaschen, dass sie eigentlich unten bei seinen langen Füßen rausgucken müssten. „Sei doch froh. Hamburg ist auf Dauer ganz schön langweilig.“
Statt etwas zu erwidern, zieht Jette ein limettensaures Gesicht. Sie schleudert ihre Glanzhaare zurück und macht einen Schritt auf Mr Rülps zu, was aussieht, als wolle sie ihn knutschen. In Wirklichkeit versucht sie nur einen Sonnenstrahl zu erhaschen, bevor es gleich wieder ins miefige Klassenzimmer geht.

Garantiert ist sie auch ein bisschen eingeschnappt. Weil Leo nicht so etwas wie „Oh, wie schade!“ oder „Da werde ich dich ganz schrecklich vermissen!“ gesagt hat.
„Was hast du eigentlich gegen Sylt?“, fragt Mr Rülps.
Auweia. Sind Jungs eigentlich grundsätzlich unsensibel und unterbelichtet, dass sie so dämliche Fragen stellen?
Alina knufft ihren Herzallerliebsten. „Menno, Kaspar, Jette hat natürlich nichts gegen Sylt. Aber sie will lieber bei uns in Hamburg bleiben, verstehst du das denn nicht?“
Mr Rülps legt seine Stirn in Falten, zieht eine Schnute und nickt.
„Warst du überhaupt schon mal da?“, will Leo wissen.
Jettes Lippen werden strichmännchenschmal. „Ja, war ich.“
„Und?“, forscht er nach.
„Was und?“
„Gibt's da zufällig tolle Surfschulen?“
Jette zuckt mit den Achseln, um gleich darauf ein fast schon hysterisches *Garantiert!* hinterherzuschieben.
„Und wie sind die Leute so?“, will Christi wissen. „Ich hab mal gehört ...“
„Ja, das hast du ganz richtig gehört“, antwortet Jette mit Funkelblick. „Die meisten sind stinkereich, stinkeblöd und fischstäbchenpanadig braun.“

Leo lacht scheppernd. Eins zu null für Jette.
„Aber es gibt doch bestimmt auch welche, die nicht so viel Geld haben, intelligent sind und nicht wie gebratene Fischstäbchen aussehen“, wendet Christi ein.
„Keine Ahnung. Ist mir auch egal.“ Jette schnappt nach Luft. „Können wir jetzt bitte mal das Thema wechseln?“
Mr Rülps nickt und macht ein leises Bäuerchen. Zum Glück hatte er kein Leberwurstbrot, sondern nur eins mit Fischkäse. Seine Leberwurstbäuerchen finde ich immer noch gewöhnungsbedürftig.
„Meint ihr, wir kriegen heute die Franzarbeit zurück?“, fragt er in die Runde.
Ganz schlechtes Stichwort. Ich war an dem Tag, als wir sie geschrieben haben, so neben der Spur, dass ich echt nur Murks hingekritzelt habe.
Und das in meinem Lieblingsfach!
Achselzucken. Nervöses Mit-dem-Fuß-Scharren. Blödes In-der-Gegend-Herumgucken.
„Ey, was habt ihr denn?“, will Leo wissen. „Die Arbeit war doch voll einfach.“
„Findest du?“, fragt Streber-Christi. „Ich fand ein paar Verbformen ganz schön knifflig.“
Ups. Wenn selbst Streber-Christi etwas knifflig findet, ist es das auch.
Leo reibt sich die große Nase, mit der er garantiert besser riechen kann als Wursti und Broti zusammen.

„Wir hatten das *passé composé* schon in Freiburg. Unser Lehrer hat uns das richtig eingebimst."
„Mmpf", macht Jette und wirft Leo einen gequälten *Ich heul gleich wegen allem*-Blick zu. „Ich glaub, ich fand sie auch sauschwer."
Und dann, wie aus heiterem Himmel, passiert ein echtes Leo-Wunder: Er lächelt Jette a) mitfühlend an, streckt b) seine Hand nach ihr aus, macht c) *tock, tock, tock* auf ihrer Schulter und zieht sie d) für einen Mikromoment zu sich heran. Fehlt bloß noch, dass er ihr e) ein Küsschen aufdrückt und ihr f) *Je t'aime* (das heißt *Ich liebe dich*) ins Ohr flüstert.
Ich fasse es nicht. Ich fasse es wirklich nicht! Auch die Blicke der anderen sind irgendwas zwischen ungläubig und *Ich-krieg-gleich-einen-hysterischen-Lachanfall*. Leonie knautscht ihre Knutschlippen, Alina kichert albern vor sich hin, Mr Rülps rülpst, bloß Jette steht wie vom Donner gerührt da.
Zum Glück klingelt es in diesem Moment. Während die Jungs und Streber-Christi schon lostraben, umringen wir anderen Jette. Die rührt sich immer noch nicht vom Fleck.
„Hallo, Erde an Jette!" Ich wedele mit meiner Hand vor ihrem Gesicht. „Jemand zu Hause?"
„Äh, wie?"
„Du kippst aber nicht gleich um, oder?" Alina hält Jette vorsichtshalber am Arm fest.

„Äh, weiß nicht?"
Ich gucke in ihr mehlwurmbleiches Gesicht und beginne mir langsam auch echte Sorgen zu machen. Normalerweise wäre dies für sie der perfekte Moment, um glimmerig-verknallt zu gucken und irgendeinen Blödsinn in Gedichtsprache daherzureden, aber sie starrt bloß ins Nirgendwo.
„Jette!" Ich klopfe ihre Wangen. „Lebst du noch?"
„Äh, wie?"
„OB DU NOCH LEBST!", brülle ich ihr so laut ins Ohr, dass sie einen kleinen Hüpfer macht.
„Ja, äh."
„Dann ist ja gut."
Es klingelt zum zweiten Mal und während wir uns schneckenlangsam in Bewegung setzen, flüstert sie heiser: „ER. HAT. MICH. BERÜHRT."
Na, endlich! Da ist sie zum Glück wieder, die bis zum Anschlag verknallte Jette, wie ich sie kenne. „Wie jetzt?", sagt Alina. „Hat dich noch nie ein Junge BERÜHRT?"
„Na, doch, Maiki", haucht Jette.
Oh ja, ich kann mich gut erinnern. Mit meinem Nachbarn Maiki war Jette mal eine Weile *zusammen*. Das heißt, sie sind ins Kino gegangen, haben Händchen gehalten und er hat die Fingerknöchel an ihrer Hand einzeln abgezählt. Und dann war es plötzlich – zack – aus und vorbei. Weil Maiki angeblich mehr wollte

(knutschen nämlich). Was Jette jedoch nicht wollte, weil sie sich a) zu jung zum Knutschen fand und b) auch keinen langweiligen Sesselpupser wollte (was Maiki nämlich ihrer Ansicht nach war).

„Aber nicht SO!“, fährt sie fort.

„Wie, *nicht so*?“, will Alina wissen.

„Nicht so gefühlvoll.“ Jettes Bick geht in den knallblauen Sommerhimmel. „So als würde er bis in alle Ewigkeit mit mir zusammen sein wollen.“

„Aha?“, macht Leonie.

„Ja, es war so ein zärtliches Anticken. Und als ich in seinen Armen gelegen habe, konnte ich seinen Wahnsinnsduft erschnuppern.“

Du hast nicht in seinen Armen gelegen, denke ich, verkneife mir jedoch die Bemerkung. Hauptsache, irgendwer oder irgendwas lenkt sie von ihrem schrecklichen Elend ab.

„Wonach hat er denn gerochen?“, will Alina wissen.

Jette kichert. „Auf jeden Fall nicht nach Leberwurstbrot.“

„Du bist doof! Kaspar riecht überhaupt nicht nach Leberwurst.“

„Weiß ich doch.“ Jette pflanzt Alina ein Küsschen auf die Wange und während wir in die Klasse rüberschlendern, schwafelt sie etwas von einer megaleckeren Kaugumminote, vermischt mit einem Hauch Tropenholz und einer Minispur Turnhalle.

Kaugummi, Tropenholz und Turnhalle – uiiih, wie prickelnd! Da kann ich bloß froh sein, dass der süße Zahnspangenfranzose einfach nur nach Babypuder duftet.
Ich formuliere gerade im Geiste eine Mail an Jean-Pierre, als mein Grinsen gefriert. Das hat drei Gründe: Wir sind 1. zu spät, 2. teilt Frau Hübsch schon die Klassenarbeiten aus und 3. guckt sie nicht besonders freundlich aus der Wäsche. Und das ist noch milde ausgedrückt. In Wahrheit funkelt sie uns vier Zuspätkommerinnen an, als wären wir Warzenschweine auf zwei Beinen. Oder Giftnattern.
„Beeilt euch mal ein bisschen“, sagt sie. „Der Unterricht hat schon angefangen.“
„'tschuldigung“, murmele ich und flutsche unter Hennings schadenfrohem Gewieher auf meinen Platz.
„So“, sagt Frau Hübsch und tritt an Christis und meinen Tisch. „Sehr schön, Christi.“ Sie lächelt knapp, dann geht ihr Blick zu mir und ihr Gesicht sieht auf einmal zerknautscht und furchig aus wie das von Omi Olga.
„Mia, was war nur mit dir los?“, sagt sie mit ihrer traurigsten Trauerkloßstimme. „Man merkt zwar, dass du das *passé composé* verstanden hast, aber es wimmelt von Flüchtigkeitsfehlern. Das Gleiche gilt übrigens für Jette und Alina.“
Sie händigt mir meine Arbeit aus. *Vier plus* leuchtet

es mir rot, roter, richtig schrillrot entgegen. Im Sekundenbruchteil geht meine heiß geliebte Französisch-Welt unter. Ich habe noch nie wegen einer schlechten Note geweint, nicht mal, als ich noch keine Nachhilfe bei Diego hatte und megaschlecht in Mathe war, doch jetzt schießen mir die Tränen in die Augen.

„He, he“, flüstert Christi und streichelt meinen Arm. Blöderweise macht das alles bloß noch schlimmer. Ein Schluchzer, der bestimmt bis in die letzte Reihe zu hören ist, kommt aus meiner Kehle. Wie megapeinlich ist das denn!

Prompt lachen ein paar Babyjungs babyhaft. Das war klar. Immer müssen sie sich auf Kosten anderer lustig machen. Aber ehrlich gesagt hätte ich vielleicht auch kichern müssen, wenn Henning oder Lars oder sonst wer wegen einer Vier losgeheult hätte.

„Mia?“ Frau Hübsch, die schon weitergegangen ist, lächelt mich so hübsch wie immer an. „Das ist jetzt aber auch kein Weltuntergang. Wir reden nach der Stunde, einverstanden? Jette und Alina, ihr kommt dann bitte auch dazu.“

Ich nicke und bin heilfroh, als die Stunde endlich richtig anfängt. Frau Hübsch schreibt neue Verbformen an die Tafel und nachdem sich das Gefühlskuddelmuddel in mir langsam wieder beruhigt hat, beteilige ich mich wie sonst auch am Unterricht. Ohne Stammeln, Stottern und Tränen.

„So, jetzt erzählt mal", sagt Frau Hübsch etwas später in der kleinen Pause. „Was war los?"
Jette, Alina und ich stehen etwas abseits auf dem Gang. Was Meike, Sofia und Inga nicht davon abhält, neugierig zu uns rüberzuspähen. Nur Leonie, die wie immer eine Zwei geschrieben hat, ist abgedampft. Ich glaube, sie musste mal aufs Klo.
Frau Hübschs Blick flutscht zwischen uns dreien hin und her und bleibt an mir hängen.
„Willst du es ihr nicht lieber sagen, Jette?", raune ich ihr zu.
Jette nickt. „Wir waren so durcheinander, weil …" Sie presst ihre Lippen aufeinander, atmet pfeifend aus, dann erklärt sie: „Also, meine Mutter … Sie will aus Hamburg wegziehen und ich soll mit."
Frau Hübsch reißt ihre hübschen blauen Augen auf. „Wirklich? Das ist ja …"
„Furchtbar", ergänze ich, weil Frau Hübschs Sprachzentrum kurz mal eben ausgefallen ist.
„Tut mir leid, Jette", sagt sie schließlich und ihre Mundwinkel hängen runter. „Und ist das schon ganz sicher?"
„So ziemlich. Aber ich will nicht weg von hier."
Frau Hübsch nickt langsam. „Das verstehe ich." Ihr Blick geht zu Alina und mir. „Und ich kann auch nachempfinden, dass ihr da mitleidet."
Bevor ich gleich wieder zu heulen anfange, frage ich

Frau Hübsch, ob die Arbeit wie eine ganz normale Arbeit gewertet wird.
„Ja, leider, Mia. Sonst wäre das den anderen gegenüber ungerecht. Das versteht ihr ja sicher, oder?“
Unsere Köpfe wackeln auf und ab.
„Aber ...“ Sie fährt sich durch ihre hübsch geföhnten blonden Haare. „Ihr könnt gerne freiwillig ein Referat übernehmen. Allerdings muss ich das dann der ganzen Klasse anbieten, also, falls jemand seine Note aufbessern möchte.“
Ich finde, das ist ein superfairer Vorschlag von Frau Hübsch. Vielleicht wird ja doch noch alles gut. Mit meiner Französischnote. Und mit Jette. Denn das wünsche ich mir von allen Dingen am meisten.

# Die Liebe ist stärker als das Schicksal

Seit etwa fünf Minuten befinden Omi und ich uns in Ingrids Wohnung und bestaunen den großen dunkelbraunen Tisch mit den verschnörkelten Beinen und den vier Schubladen. Wenn man sich den ganzen Krimskrams darauf, der wohl zur Zierde aufgestellt ist, wegdenkt, ist er gar nicht mal so hässlich.

Während ich den Staub von zwei Porzellandackeln puste, die sich verliebt angrinsen, eine Lampe mit einem geblümten Lampenschirm an- und ausknipse und einem knuffig-süßen Engel, der ein rotes Herz im Arm hält, über die blonden Locken streiche, steht Omi wie schockgefrostet da.

Lektion eins: Wohnungen von Verstorbenen sind grundsätzlich ein bisschen unheimlich.

Lektion zwei: Ein alter Tisch ist weder ein Haus am Meer noch ein fettes Bankkonto noch eine wertvolle Münzsammlung, sondern einfach nur ein Tisch.

Lektion drei: Es ist ein schönes Gefühl, seiner traurigen Omi in ihrem Freundinnenkummer beizustehen.
Lektion vier: Dadurch fühlt sich der eigene Freundinnenkummer etwas weniger schlimm an.
„Omi“, sage ich und ticke sie an.
„Ja, mein Schmetterling?“
„Wir sollten langsam mal anfangen.“
Bei der Testamentseröffnung hieß es, dass Omi den Inhalt der Schubladen mitnehmen darf. Den Tisch kann Papi oder Diego irgendwann abholen – falls Omi ihn überhaupt haben will.
„Also gut.“ Omi seufzt, doch statt endlich eine der Schubladen aufzuziehen, um nachzusehen, was drin ist, reißt sie erst mal das Fenster sperrangelweit auf. Warme Sommerluft strömt herein.
„Omi, es ist *dein* Tisch“, helfe ich ihr auf die Sprünge.
„Ich weiß. Trotzdem …“ Ihre Schultern rutschen beinahe bis zu den Ohren. „Ich kann doch nicht einfach so in Ingrids Sachen wühlen.“
„Das musst du aber! Sonst hättest du die Erbschaft besser gar nicht angenommen.“
„Da hast du auch wieder recht.“ Omi grinst und tätschelt meine Wange. „Trotzdem fällt es mir unglaublich schwer.“ Ihr Blick geht an die Zimmerdecke, wo sich Staubflusen im Luftzug sanft hin und her bewegen. „Falls du hier irgendwo sein solltest, Ingrid, bitte verzeih mir.“

Beherzt krempelt sie die Ärmel ihrer schreigelben Tunika hoch, öffnet die mitgebrachte Reisetasche und zerrt eine Rolle Müllbeutel hervor. „Dann mal los. Die schönen Sachen kommen in die Reisetasche, die ollen in die Müllbeutel."

„Was ist mit dem Engel?", frage ich.

„Mitnehmen", sagt sie und ich verstaue ihn in der Tasche.

Omi Olga zieht die erste Schublade auf und lugt so vorsichtig hinein, als könnte ihr ein siebenköpfiges Fabelwesen entgegenspringen. Stattdessen segeln lauter Heftromane zu Boden.

„Oh", murmelt sie und fischt einen Roman mit dem Titel *Scarlett, dein Schicksal* heraus. Sie schlägt ihn irgendwo in der Mitte auf und liest: „‚Ich liebe dich, Kimberly! Mein Herz schlägt nur für dich!' ‚Aber wir dürfen uns nicht lieben, Darling. Wir sollen das Schicksal nicht herausfordern.' Antony-Justin schüttelte den Kopf. ‚Mein Herz … Die Liebe ist die stärkste Kraft im Leben.' Seine samtschwarzen Augen funkelten, als er sich zu Kimberly hinabbeugte, sie mit seinen starken Armen umfing und …"

„Aufhören, Omi! Das ist ja grausam!"

Omi Olga lacht gurgelnd auf. „Ich wusste ja gar nicht, dass sich Ingrid für so einen Schund erwärmen konnte. Meinst du, das ist vielleicht was für Alina? Sie mag doch Liebesromane."

Ich schüttele den Kopf. Das ist selbst für Alina zu kitschig. „Müllsack“, erkläre ich.
Omi hält die Tüte auf und ich werfe die Kitschromane hinein. Weiter geht’s. In der nächsten Schublade finden wir bestickte Servietten, bei deren Anblick Omi schlagartig feuchte Augen bekommt.
„Die hat Ingrid immer hingelegt, wenn sie ihren weltberühmten Kirschkuchen gebacken hat.“ Sie seufzt. „Die muss ich auf jeden Fall behalten. Auch wenn ich so was gar nicht benutze.“
„Wie war Ingrid eigentlich so?“, will ich wissen, während wir die Servietten einpacken.
„Tja, wie war sie so?“ Omi betrachtet versonnen einen Packen vergilbtes Briefpapier, den sie zusammen mit ein paar Strickanleitungen aus der Schublade gezogen hat. „Irgendwie … tja … zu gut für diese Welt.“
„Wie meinst du das?“
„Sie hat sich nie in den Vordergrund gespielt, war immer bescheiden und aufopferungsvoll. Erst hat sie ihre Mutter gepflegt, danach ihren Mann. Und als sie das Leben endlich noch mal genießen wollte, ist sie selbst krank geworden.“
„Das tut mir leid“, sage ich.
Omi zerknüllt die Strickanleitungen und stopft sie in den Müllsack. „Es war immer ihr Traum, einmal nach New York zu fahren und durch den Central Park zu laufen. Das hat dann leider nicht mehr geklappt.“

„Vielleicht ja, wenn sie noch einmal auf die Welt kommt“, murmele ich.
„Aber hallo! Ganz bestimmt!“ Omi zwinkert mir zu.
Nachdem wir die erste Schublade bis auf den kleinsten Krümel geleert haben, knöpfen wir uns die nächsten beiden vor, aber wir finden nichts, was Omis Herz höherschlagen lässt. Nur Krempel und Plunder.
Was Omi Olga alles geerbt hat:
– vergilbte Zeitungsartikel zum Thema Medizin
– eine Fahrradpumpe
– ein Nageletui
– Vitaminpillen, die längst das Verfallsdatum überschritten haben
– eine schrille Sonnenbrille mit buntem Rand (die findet Omi rattenscharf)
– ein Poster von einem Schlagerstar mit gebleachten Zähnen
– Strickzeug und Wollknäuel
– einen Plüschhamster mit Glotzaugen
– hautfarbene Strumpfhosen
– eine Blechdose mit Weihnachtsschmuck
– Tischsets
– einen Glitzerumhang (der aussieht, als hätte ein Zauberer ihn vergessen)
– zwei Radiergummis
– ein uraltes Handy

„Meinst du, Frau Joost geht deswegen nach Sylt?“, frage ich, als Omi die letzte Schublade aufzieht.
„Wie bitte? Weswegen?“ Omi langt hinein und angelt ein schmales Fotoalbum hervor.
„Um sich ihren größten Wunsch zu erfüllen. So wie deine Freundin immer nach New York wollte.“
Omi streicht nachdenklich über das Fotoalbum, das mit einer glänzenden Folie überzogen ist. „Ich kenne Jettes Mutter ja nur vom Sehen und weiß nicht, wie sie so tickt, aber ja, das ist gut möglich.“
„Und findest du es egoistisch von ihr?“
Omi setzt sich mit einer Pobacke auf das Sofa, aus dem es leicht müffelt, doch anstatt das Fotoalbum aufzuschlagen, schaut sie wieder mit gerunzelter Stirn an die Decke. „Ja und nein“, sagt sie nach einer Weile.
„Wie meinst das?“
„Ich denke, jeder Mensch sollte die Chancen, die sich ihm bieten, nutzen. Auch die für einen Neuanfang. Egal, wie alt man ist.“ Sie blickt mich an. „Nur sollte es niemals auf Kosten der Kinder gehen.“
Wahrscheinlich hat Omi recht und Frau Joost ist beides zugleich: egoistisch und auch nicht egoistisch. Bestimmt hält sie außer Jette nichts in Hamburg. Und Krabbenbrötchen, eine neue Apotheke und das Meer sind eben reizvoller.
Omi schlägt das Album auf und ein seliges Lächeln gleitet über ihr Gesicht. „Oh, was für ein schönes

Foto von Ingrid! Das muss ich unbedingt behalten.“ Ratsch – reißt sie es raus.
Staub wirbelt auf, als ich mich neben Omi pflanze. „Warum nimmst du nicht das ganze Album?“, frage ich.
„Ach, mein Schmetterling! Du weißt ja, wie proppenvoll meine kleine Wohnung ist. Da ist eigentlich nicht mal mehr Platz für die schöne Sonnenbrille.“
„Und Diego? Der hat doch so ein großes Loft.“
Omi lacht. „Das ist noch lange kein Grund, ihm meine Erinnerungsstücke an Ingrid aufs Auge zu drücken!“ Zack – stopft sie das Album in den Sack, der für die Resteabfalltonne bestimmt ist.
„Und was wird dann aus dem Tisch?“
„Ich frage deine Eltern, ob ich ihn erst mal bei euch im Keller unterstellen darf. Vielleicht kann ihn ja noch mal jemand von euch gebrauchen.“ Omi klappt das Fotoalbum zu und geht mit knirschenden Knien vor der Schublade in die Hocke. Zum Glück sind wir so gut wie fertig. Noch mehr Krempel und ich würde heute Nacht schlecht träumen.
„Ich glaub, das war’s, Mia.“ Ihr Arm verschwindet in der Schublade und sie tastet in der Tiefe herum. „Momentchen mal!“
Im nächsten Augenblick hat sie eine kleine Schatulle in der Hand.
„Was ist das denn?“, sagt Omi und klappt schon den

Deckel auf. Unsere Köpfe rumsen beinahe zusammen, als wir neugierig hineinlugen.
„Oh, mein Gott!“, ächzt Omi und ich ächze ein französisches *Mon Dieu!* hinterher.
Eine Seestern-Brosche! Sie glitzert, glänzt und funkelt in der hereinfallenden Sonne und sieht einfach nur mega-giga-irre schön aus!
„Die hatte Ingrid doch ... oder warte mal ... war das nicht ... Mensch, lass mich überlegen ...“ Rote Flecken breiten sich in Omis Ausschnitt aus, während sie immer mehr Halbsätze vor sich hin stottert. Ein Zeichen, dass sie ziemlich aus dem Häuschen ist.
„Sind das Brillanten?“, frage ich.
„Kann sein. Also, wenn das die Brosche ist, die ich meine. Die hat sie damals von ihrem Mann zu ihrem fünfzigsten Geburtstag bekommen.“
„Wow!“, rufe ich und streiche behutsam über die blinkenden Steinchen. Noch nie in meinem Leben habe ich echte Diamanten gesehen und schon gar nicht angefasst. Doch mehr noch freue ich mich für Omi, dass sie neben dem ganzen Plunder auch noch etwas richtig Schönes geerbt hat.
„Weißt du, was?“, sagt sie ein paar Seufzmomente später.
„Nein, aber du sagst es mir gleich?“
„Ich lasse sie schätzen. Die ist bestimmt richtig viel wert. Und dann verkaufe ich sie.“

„Behalt sie doch lieber und trag sie zu besonderen Anlässen“, schlage ich vor.
Omi schüttelt die kurzen grauen Haare. „Ich möchte das Geld gerne unter meinen Enkeln aufteilen.“
„Nein, Omi, das ist blöd.“
„Aber ich will es nun mal. Ihr seid die wichtigsten Menschen in meinem Leben.
Uff, jetzt bin ich richtig gerührt. „Aber du musst dir auch was von dem Geld nehmen“, sage ich mit gepresster Stimme.
„Ach, mein Schmetterling.“ Omi Olga seufzt leise. „Ich hab doch alles, was ich zu einem schönen Leben brauche. Und ich freue mich riesig über die Sonnenbrille, die Servietten und das schöne Foto.“
Weil ich finde, dass wir jetzt nicht einfach raffgierig die Brosche einpacken und abhauen können, schlage ich vor, noch ein Weilchen in Ingrids Wohnung zu bleiben, in dem Fotoalbum zu blättern und zu reden.
„Du hast immer die besten Ideen, mein Schmetterling.“
Omi drückt mich an ihren runden Omi-Busen. Wir bleiben fast eine ganze Stunde auf dem Sofa hocken, gucken uns das Album an und Omi erzählt lustige, traurige und auch ganz normale Geschichten über ihre Freundin. Das macht mich einerseits megahappy (diese Ingrid muss eine ganz tolle Frau gewesen sein), andererseits aber auch megatraurig, weil ich automa-

tisch an meine knuffig-süße, anstrengende, verrückte und manchmal etwas durchgedrehte beste Freundin Jette denken muss. Jette, die vielleicht bald aus Hamburg wegzieht.
Erst als unsere Mägen schon vor Hunger knurren, packen wir alle Sachen zusammen (die Mülltüten stopft Omi in den Kofferraum ihres Autos). Und dann fahren wir in die Pizzeria *Venezia*. Nur wir zwei. Es ist ein lauer Sommerabend, wir futtern Pizza und Eis und als wir später kicherig und total ausgequatscht aufbrechen, holt Omi den Engel mit dem Herzen aus der Reisetasche und gibt ihn mir.
„Für dich, mein Schmetterling", sagt sie. „Oder du schenkst ihn jemandem, der dir sehr viel bedeutet."
Ich weiß schon, wen sie damit meint, und drücke Omi ganz fest an mich.

*Liebes Tagebuch,*

*dies ist ein ganz schlimmer Weltuntergangsstimmung-Heul-Eintrag.*
*Seit ungefähr fünf Minuten braust ein Orkan in meinem Kopf, das Brötchen in meinem Magen tanzt Mambo und meine Beine sind kaugummiweich. Gerade hat nämlich Jette angerufen und mir verklickert, dass aus den achtundachtzig Prozent hundert geworden sind.*

*Das heißt, das heißt, das heißt …*

*JETTE ZIEHT TATSÄCHLICH NACH SYLT!*

*Ich bin so fix und foxi, dass meine Hand beim Schreiben richtig zittert.*

*Das kann nicht sein! Das darf nicht sein! Das soll nicht sein!*

*Eine Sekunde mal eben … Ich hab grad einen Heulanfall und will nicht, dass die ganze Tinte ver…*

*So, jetzt bin ich wieder da. Ich heule zwar immer noch und eigentlich ist es auch egal, ob die Tinte verschmiert. Denn was ist schon wichtig? Mein Tagebuch? Meine Schmetterlingshaarspange? Mein schöner Schaukelstuhl in meinem Zimmer? Das sind alles nur Gegenstände, die man gegen andere Gegenstände austauschen kann. Bei Jette geht das nicht. Weil es meine allerbeste Freundin nur einmal auf der Welt gibt. Bis zuletzt habe ich ja gehofft, dass sie bleibt, jetzt ist das unsagbar Schreckliche eingetroffen.*

*BLÖDE FRAU JOOST!*

*Wäre sie jetzt hier in meinem Zimmer, würde ich ihr auch ins Gesicht sagen, wie ätzend und gemein ich das von ihr finde! Dabei mochte ich sie immer so gerne (besonders als Jette und ich damals mit ihren Eltern in Berlin waren). Ich verstehe einfach nicht, wie sie das Jette, Leonie, Alina und mir antun kann!*

*Wart mal kurz, Tagebuch, Heulanfall Nummer zwei …*

*So, jetzt geht's wieder. Will nur schnell die Fakten*

*hinschreiben, bevor ich mich ins Bett verkrieche, um WEITERZUHEULEN.*

*1. Frau Joost fährt schon morgen nach Sylt, um eine schnuckelige Wohnung für sich und Jette zu suchen.*

*2. Das bedeutet, dass Jette ab morgen bei ihrem Vater in ihrem grauen Reich wohnt.*

*3. Ich will Mami fragen, ob ich dann ab und zu mal bei ihr schlafen darf. Ich weiß ja, dass sie sich in dem grauen Reich nicht besonders wohlfühlt. Falls Mami einverstanden ist, soll sie Herrn Joost fragen, ob das okay ist.*

*4. Vielleicht können Alina und Leonie ja auch mal eine Nachtschicht bei Jette übernehmen. Ich habe nämlich ganz schön Angst, dass mir der Abschied von Jette nur noch schwerer fallen wird, wenn wir rund um die Uhr wie Brief und Briefmarke aneinanderkleben.*

*5. Menno, das tut so megaweh! Dabei ist Jette nur meine beste Freundin und nicht mal mein Freund. Wobei ich glaube, dass sich eine Trennung vom süßen Zahnspangenfranzosen niemals so schlimm anfühlen kann wie die von Jette. Was vielleicht aber auch daran liegt, dass ich a) gar nicht mit Jean-Pierre zusammen bin, b) nie richtig mit ihm zusammen war und auch c) nicht seit x-tausend Jahren megaeng mit ihm befreundet bin.*

Es klopft und einen Wimpernschlag darauf kommt Mami herein.
„Mia, hast du mal einen Moment?“, fragt sie und lässt sich, ohne meine Antwort abzuwarten, auf mein Bett fallen. Ein bisschen zu kartoffelsackmäßig, denn es quietscht.
Ich setze mich zu ihr und weil mir schon wieder die Tränen in die Augen schießen, nimmt Mami mich in den Arm. Hoffentlich sagt sie nicht gleich so Sachen wie „Das wird schon wieder. Kommt Zeit, kommt Rat.“ Oder: „Die Zeit heilt alle Wunden.“
„Ich weiß, das ist sehr schlimm für dich.“
„Mhm“, winsele ich.
„Mia, ich erzähle dir jetzt mal etwas, was ich noch niemandem erzählt habe. Nicht mal deinem Vater.“
„Grmpf“, kommt es aus meinem Mund. Ich schaffe es einfach nicht, ganze Wörter zu bilden. Geschweige denn Sätze, die ein Subjekt, ein Prädikat und ein Objekt haben.
„Bevor ich in die Schule gekommen bin, hatte ich eine sehr enge Freundin. Wir kannten uns schon aus dem Kindergarten, waren zusammen beim Reiten, wir haben eigentlich alles zusammen gemacht.“ Mami nimmt meinen Snoopy-Wecker in die Hand und guckt ihn ein bisschen wehmütig an. „Dann sind wir eingeschult worden und unsere Eltern haben uns auf verschiedene Schulen geschickt.“

„Ups, echt? Warum das denn?"
„Weil sie dachten, dass es für unsere Entwicklung besser ist, wenn wir nicht pausenlos zusammenglucken und kein anderes Kind zwischen uns lassen."
„Ganz schön gemein", sage ich.
„Das fand ich damals auch." Mami wiegt ihren Kopf bedächtig hin und her. „Heute verstehe ich meine Mutter viel besser. Ich war sehr schüchtern und sie wollte, dass ich mich freischwimme."
„Und jetzt soll ich mich etwa auch freischwimmen, wenn Jette nach Sylt zieht?"
„Natürlich nicht, Mia! Ich wollte dir damit nur sagen, dass unsere Freundschaft trotz der Trennung gehalten hat."
„Ja, weil ihr alle beide in Hamburg gewohnt habt."
„Na ja, etwas später ist Melanie in einen anderen Stadtteil gezogen. Da war es nicht mehr so einfach, sich zu treffen."
„Hast du sie vermisst?"
„Anfangs sehr. Nach und nach habe ich mich aber auch mit anderen Mädchen aus meiner Klasse angefreundet."
Keine neue Freundin kann mir jemals Jette ersetzen. Weil Jette eben … einfach Jette ist!
„Ich weiß, was du denkst", sagt Mami prompt. „Du willst gar keine andere Freundin als Jette."
Ich nicke.

„Du hast doch noch Alina und Leonie. Und mit Sofia und Christi verstehst du dich auch ganz gut."
Das stimmt. Aber mein Leben fühlt sich nun mal nur vollständig an, wenn Jette mit dabei ist. Ohne sie ist es, als würde bei einem Fischstäbchen die Panade fehlen, bei einer Qualle das Glibberige, bei einem Tagebuch der schöne Umschlag. Eben das letzte bisschen, um richtig glücklich zu sein.
„Wie ist es denn mit dieser Melanie weitergegangen?", frage ich.
„Wir waren meistens an den Wochenenden zusammen, manchmal hat ihre Mutter sie auch in der Woche zum Spielen vorbeigebracht. Unser Kontakt ist erst später weniger geworden."
„Wann später?"
„Als es mit den Jungs losging. Melanie war in einer Clique, in der alle geraucht und getrunken haben. Das mochte ich nicht."
„Warst du sehr traurig darüber?"
Mami überlegt eine Weile, dann sagt sie: „Es geht. Ich war in der Zeit sehr oft beim Leichtathletiktraining. Und später habe ich ja meinen ersten Freund kennengelernt."
„Knalltüten-Thorsten?" Ich muss ein bisschen kichern. Papi nennt Mamis ersten Freund immer so. Weil er auf der Binnenalster bei Windstille total seekrank geworden ist.

Mami lacht auf. „Ganz genau. Knalltüten-Thorsten. Wie gut, dass ich später noch deinem Vater begegnet bin."

Allerdings! Sonst wäre ich jetzt gar nicht auf der Welt.

„Vielleicht ist das ein guter Anlass, mich mal wieder bei Melanie zu melden", sagt Mami kurz darauf beim Rausgehen. „Ihre Nummer müsste ja wohl im Internet rauszukriegen sein."

Sie blinzelt mir zu und als sie die Tür hinter sich zuzieht, merke ich, wie gut es getan hat, mit ihr zu reden. Aus dem Orkan in meinem Kopf ist ein laues Windchen geworden, aus dem Mambotanz in meinem Magen ein softer Walzer und meine Beine fühlen sich auch nicht mehr so kaugummiweich an. Weil ich plötzlich weiß, dass Jette und ich für immer beste Freundinnen bleiben, egal, ob eine von uns nach Sylt, Timbuktu oder Tönnhausen am Deich ziehen muss.

# Punkte-Toni

„Mia, darf's noch was sein?", fragt Herr Joost steif wie ein Kellner im Sterne-Restaurant.
„Äh, vielen Dank", antworte ich ebenso steif und starre auf Salami- und Schinkenberge, die Jettes Vater samt Verpackungen auf eine mausgraue Kuchenplatte aus Marmor gelegt hat. So richtig erfahren scheint er in Haushaltsdingen ja nicht zu sein.
Jette hat mich zum Übernachten in ihr graues Reich eingeladen und jetzt sitzen wir mit Herrn Joost in der schiefergrauen Einbauküche am schiefergrauen Esstisch statt mit Frau Joost in der cremefarbenen Edelküche am frisch polierten Glastisch. Mein fleischfressender Bruder würde beim Anblick der Fleischhaufen garantiert a) juchzen, b) Luftsprünge machen und c) ordentlich reinhauen, aber ich habe schon nach einer kleinen Baguettescheibe mit Schinken genug. Was unter anderem auch daran liegt, dass die Unterhaltung mit Herrn Joost zäh wie Kleister ist. Wir reden zwar über alles Mögliche (das Wetter, Schulprobleme

und das Nordseeklima), doch es kommt mir so vor, als wäre Jettes Vater gar nicht richtig bei der Sache. In Wirklichkeit würde er sich bestimmt viel lieber hinter seiner Zeitung vergraben und einen guten Tropfen Rotwein trinken, statt sich höflich mit uns zu unterhalten. Aber so ist Herr Joost ja immer. Ich glaube, er kann einfach nicht gut mit Leuten, die jünger sind als er selbst und auch nicht die halbe Tageszeitung auswendig gelernt haben. Und Menschen zwischen null und dreizehn sind für ihn sowieso Aliens von einem fremden Stern. Ich vermute, er reibt sich jeden Tag aufs Neue verwundert die Augen, wenn er das blonde Mädchen mit der Brille erblickt, und irgendjemand muss ihm dann verklickern, dass das Wesen seine Tochter ist.

Jette pikst mich in die Seite. „Wir dürfen uns noch Salzstangen und Schokolade mitnehmen, wenn wir in mein Zimmer gehen. Dürfen wir doch, oder, Papa?"

„Ja, sicher", sagt Herr Joost. „Hat sich deine Mutter schon gemeldet?"

Wie aufs Stichwort zieht Jette ein limettensaures Gesicht. „Nö."

„Na ja, sie ist sicher noch unterwegs", sagt Herr Joost und lädt sich ein paar hauchdünne Scheiben Schinken auf den Teller.

Ende der Durchsage. Wieder schweigen wir uns an und mit jeder Sekunde werde ich zappeliger und

rappeliger. Wie schön wäre es, endlich in Jettes Zimmer zu gehen, sich auf ihr graues Bett zu werfen und einfach zu plappern, wie uns der Schnabel gewachsen ist.
Gefühlte Anschweige-Ewigkeiten später – es ist bereits kurz vor acht – gibt Herr Joost endlich den Startschuss zum Aufstehen. Uff! Ich hatte schon Angst, wir müssten bis zum Sankt-Nimmerleins-Tag in der eisgrauen Küche hocken und darauf warten, dass auch unsere Haare Omi-grau werden.
Ich räume die Teller zusammen, so wie ich das von zu Hause gewohnt bin, aber Herr Joost meint, seine polnische Haushaltsfee Joanna würde morgen früh um sieben mit Brötchen kommen, alles in Ordnung bringen und auch den Frühstückstisch decken.
„Für die drei Teller braucht dein Papa eine Putzfrau?“, frage ich Jette entgeistert, als wir es uns kurz darauf in ihrem Zimmer auf dem eisgrauen Metallbett mit allen Leckereien, die der Vorratsschrank hergegeben hat, gemütlich gemacht haben.
Jette nimmt ihre Brille ab und haucht sie an. „Mein Vater kann nicht mal einen Teller abwaschen. Hat er nie gemacht. Er weiß auch nicht, wie man ein Hemd bügelt oder das Klo putzt. Und Wurst legt er auf die Kuchenplatte, hast du ja gesehen.“
„Solange er den Kuchen nicht zur Wurst packt und die sich im Kühlschrank vermehren, ist ja alles gut.“

Wir kichern eine Runde. Insgeheim bin ich echt froh, dass Papi mein Papi ist. Obwohl er manchmal hässliche Ökoschlunzi-Klamotten und Sandalen trägt und im Moment mein Lehrer ist. Immerhin kann er kochen, putzen und bügeln und sich vor allem normal mit mir und meinen Freundinnen unterhalten. Ganz davon abgesehen hätten Mami und Papi auch gar nicht das Geld, eine Joanna einzustellen, die ihnen die Socken hinterherräumt und morgens mit Brötchen vorbeikommt.

Jette reißt eine Salzstangentüte auf und bietet mir davon an. Erst jetzt merke ich, wie hungrig ich bin. BRÜLLEND hungrig.

„Was machen wir denn nun?“, fragt Jette mit Blick auf die Tüte.

„Futtern und quatschen.“ Ich bunkere eine Handvoll Salzstangen. „Oder willst du lieber fernsehen?“

Jette hat nicht nur das rote Angeberhandy von ihrer Mutter geschenkt bekommen, sondern auch noch eine funkelnagelneue Glotze von ihrem Vater. Manchmal kommt es mir so vor, als würden Herr und Frau Joost sich einen Wettkampf liefern, wer von ihnen der Tochter die mega-giga-irrsten Geschenke macht.

Jette schüttelt ihre Glanzhaarmähne hin und her. „Das meine ich nicht. Ich meine … äh … was machen wir mit der restlichen Zeit, die ich noch hier bin?“

Ups – Wackelstimme total. So klingt sie meistens kurz

vorm Heulanfall. Aber auch in meiner Kehle hockt ein dicker Kloß und ruft: Achtung, Heulalarm!

*Die restliche Zeit* – das klingt so grausam! Dabei ist es ja nur die Wahrheit. Früher oder später ist Jette weg. Ich muss mich langsam an den Gedanken gewöhnen.

„Äh, noch ein paar Selfies schießen?“, krächze ich, weil der Kloß in meinem Hals dick und immer dicker wird.

„Du weinst jetzt aber nicht, oder?“ Jette kommt briefmarkendicht an mich heran.

„Garantiert nicht“, murmele ich und würge den Salzstangenbrei in meinem Mund hinunter.

„Wäre auch ganz schön mistig. Ich meine, die kostbare Zeit mit Heulen zu verplempern.“

„Sehe ich ganz genauso“, erwidere ich, und dann fallen wir uns schniefend in die Arme.

Ganz toll!

Echte Glanzleistung!

In der Schule würden wir im Fach *Tränen vergießen* glatt eine Eins bekommen!

„Jette, so geht das nicht“, sage ich und löse mich wieder von ihr.

„Ja, ich weiß.“

Jette schnaubt in ihr Taschentuch, ich setze mich kerzengerade hin.

„Okay, dann tun wir jetzt so, als ob alles wie immer ist?“, frage ich.

Jette nickt, danach knipsen wir mit ihrem Handy ein

paar Selfies, die sie gleich an mich weiterschickt. Damit ich eine Erinnerung an sie habe, wenn sie weg ist. Jette langt in die Salzstangentüte. „Mia, hilfst du mir beim Aussortieren meiner Sachen?“, fragt sie knabbernd, knurpsend und kauend.
„Äh, du nimmst wirklich alles mit? Deine Klamotten und so?“
„Logo. Oder soll ich auf Sylt nackt rumlaufen?“
„Nein, aber du könntest wenigstens ein Drittel hierlassen. Ich meine, wenn du zu Besuch kommst, brauchst du ja auch was zum Anziehen.“
Jettes Blick geht aus dem Fenster. Als würde der Sommer mit uns leiden, ist es draußen ganz plötzlich novembertrüb.
„Okay, ich frage Papa. Keine Ahnung, wie der das findet.“
„Aber das graue Reich bleibt doch dein graues Reich, oder etwa nicht?“
Jettes Schultern flutschen nach oben. „Ich weiß nicht. Vielleicht macht er auch ein Aktenordnerzimmer draus.“
„Und wo sollst du schlafen, wenn du hier bist?“
Jette presst die Lippen zusammen, dann nimmt sie ihre Brille ab und reibt sich die Augen.
„Du kommst doch zu Besuch, oder? Jetzt sag nicht, du kommst nie mehr wieder her.“
„Na klar“, krächzt Jette und zieht den Rotz hoch. „Nur

weiß ich eben nicht, wie oft. Und ob ich alleine komme. Oder mit Mama. Und ob wir vielleicht im Hotel schlafen."

„Hotel kommt ja gar nicht infrage", sage ich und streichele ihren roten Glasring. „Dann schläfst du eben bei mir."

„Und was ist mit Lena?"

„Wieso, was soll mit der sein? Die schläft wie immer hinter dem Stoffvorhang. Wir quetschen uns zu zweit in mein Bett. Für ein paar Nächte geht das schon irgendwie."

„Danke, Miss Butterfly." Jette lächelt mich mit ihrem süßesten Schaumkusslächeln an, zum ersten Mal an diesem Abend, und das tut ziemlich gut.

„Wollen wir nicht doch lieber einen Film gucken?", frage ich. *Ganz normal leben*, sprich quatschen und Salzstangen futtern, scheint bei uns im Moment nicht richtig hinzuhauen.

„Von mir aus." Jette fischt die Fernbedienung aus der eisgrauen Nachttischschublade. „Krimi, Kitschfilm, oder ..."

Sie kommt nicht mehr dazu, noch etwas anderes vorzuschlagen, denn es klingelt an der Haustür.

„Häh? Wer ist das denn?", fragt sie mich, als wäre ich ein Auskunftsbüro.

„Was weiß denn ich? Der Heilige Geist?"

„Psst, sei mal still!"

Gedämpfte Stimmen schwirren durch die Wohnung. Weibliche Stimmen. Ich höre jemand Weibliches schrill gackern.
„Hat dein Vater eine Freundin?“, frage ich.
„Nicht, dass ich wüsste“, sagt Jette mit Eis-Miene. „Papa ist doch nur in seine Zeitung verschossen. Ich glaube, der kann sich gar nicht in Frauen verlieben.“
„Aber er war doch auch mal in deine Mutter …“
Im selben Augenblick klopft es. Erst nur zaghaft, dann etwas energischer.
„Freund oder Feind?“, fragt Jette.
„Freundin!“, tönt es quietscheentchenmäßig. Ich fasse es nicht! Das klang ganz nach Jettes Halbschwester Toni. Nur sie hat so eine schrille Quietscheentchen-Stimme.
„Äh, Toni?“, wispert Jette mir zu. „Wir sind gar nicht verabredet.“ Jette kennt ihre Halbschwester noch nicht so lange, und weil sie nicht gerade um die Ecke wohnt, sehen sich die beiden auch nicht so häufig.
Nur einen Wimpernschlag darauf wird die Klinke runtergedrückt und Toni platzt herein.
„Hi, hallo, störe ich?“ Verlegen grinsend zupft sie an dem gepunkteten Tuch in ihrem Haar.
„Nö“, sagt Jette und ich murmele „Nein, gar nicht“ hinterher. Ehrlich gesagt wäre ich jetzt lieber mit Jette allein, aber wir können Toni ja wohl schlecht rauswerfen.

„Meine Mutter hatte was in der Nähe zu erledigen", quietscht sie. „Da dachten wir, wir sagen mal kurz Hallo."
„Super Idee", meint Jette mit Neutralstimme. Ich wette, es geht ihr ähnlich wie mir. Die *restliche Zeit* ist einfach zu kostbar, um sie auch noch mit anderen zu teilen (von Alina und Leonie mal abgesehen). „Und deine Mutter sagt jetzt Papa *Hallo*?"
Toni nickt. „Mama hat ihm japanischen Tee mitgebracht. Seine Lieblingssorte."
Ein gurkensaures Lächeln fräst sich in Jettes Gesicht. „Verknallen die sich jetzt wieder, oder was?"
„Quatsch", meint Toni. „Meine Mutter liebt immer noch meinen Vater."
Stiefvater, ergänze ich in Gedanken. Ihr echter Vater ist ja Herr Joost.
„Aber sie treffen sich sonst doch auch nicht", entgegnet Jette.
Toni schüttelt den Kopf. „Ganz ehrlich? Ich wollte dich noch mal sehen. Bevor du auf die Insel abdüst."
Aha, das hat sich also auch schon bis nach Pinneberg herumgesprochen.
Jette rückt ein Stück beiseite, sodass Toni zwischen uns Platz hat, und reicht ihr die Salzstangen.
„Das ist ja so toll, Jette!", quietscht sie und langt in die Tüte „Ich freu mich so für dich! Mia, ist das nicht der Knüller?"

„Mhm“, brumme ich, während Jette wie schockgefrostet dasitzt. Wie kann Toni allen Ernstes glauben, dass wir uns freuen? Ehrlich gesagt hätte ich sie für feinfühliger gehalten.

Tonis Blick flutscht zwischen Jette und mir hin und her. „Ist was?“

„Ja, ich ziehe weg“, bellt Jette.

„Aber … äh …“ Toni lacht befangen. „Ihr seid doch kein Liebespaar.“

„Aber ein Beste-Freundinnen-Paar“, entgegnet Jette.

Ich sage gar nichts dazu. Weil ich es komplett überflüssig finde, so etwas überhaupt erklären zu müssen. Hat Toni denn noch nie eine knutschedicke Freundin gehabt?

„Hm, das ist dann ja doof.“

„Allerdings“, bestätigt Jette. „Megadoof.“

Toni seufzt leise. „Die Welt ist ungerecht. Ich würde total gerne aus Pinneberg wegziehen.“

„Wieso denn das?“ Jettes Augen werden murmelrund.

„Bei mir an der Schule ist es gerade richtig schlimm.“ Sie erzählt, dass sie von einem Mädchen, mit dem sie eigentlich befreundet ist, gemobbt wird (wohl wegen ihrer guten Noten). Und dass diese Freundin jetzt auch noch eine andere Freundin von ihr angesteckt hat und alle beide nun ihr Gift versprühen.

Jette und ich gucken uns verdattert an. Auch wir hatten schon Freundschaftskrisen, aber dass Jette

sich hinter meinem Rücken mit Alina oder Leonie zusammentut und die beiden sich gegen mich verbünden, kann ich mir beim besten Willen nicht vorstellen.
„Tut mir leid“, sagt Jette leise und zieht an Tonis gepunktetem Tuch. „Am besten suchst du dir eine neue Freundin.“
„Und wie soll das gehen? Die stehen ja wohl nicht an jeder Straßenecke herum und warten bloß auf mich.“ Sie fischt eine Salzstange aus der Tüte und dreht sie zwischen den Fingerspitzen hin und her. „Am liebsten würde ich ganz neu anfangen. An einer anderen Schule. Wo mich keiner kennt.“ Sie blickt Jette verzagt an. „So wie du.“
Ich weiß, dass Jette es ganz schrecklich beängstigend findet, auf eine neue Schule gehen zu müssen, wo sie ganz auf sich gestellt ist und vielleicht nur strunzdoofe Pappnasen und Hirnis herumlaufen. Mir würde es nicht anders ergehen.
„Toni, du kannst immer zu Besuch kommen“, sagt Jette. Und an mich gewandt: „Du natürlich auch. In der neuen Wohnung haben wir bestimmt tausend Gästezimmer.“
„Au ja!“, quietscht Toni, als wäre das die Lösung ihres Problems. „Das ist ja so cool. Ich lieeebe das Meer!“
Ja, ich lieeebe das Meer auch. Sehr sogar. Doch im Moment macht mich der Gedanke an endlose Sand-

strände und tosende Wellen leider nur ganz schrecklich traurig.

Toni bleibt fast eine geschlagene Stunde. Achtundfünfzig Minuten, die von der *restlichen Zeit* mit Jette abgehen. Was eigentlich aber auch nicht weiter schlimm ist, weil wir quasseln und kichern und Jette und ich darüber unseren Trennungsschmerz ein klein wenig vergessen. Als Tonis Mutter in Minute neunundfünfzig zum Aufbruch bläst, ist sie megakicherig und hat rote Wangen, als hätte sie einen Liter Glühwein getrunken. Dabei gab es nur japanischen Tee.

Es ist schon ziemlich spät und wir machen uns bettfertig. Das heißt, ich putze mir die Zähne und schlüpfe in mein Nacht-Shirt. Jette putzt sich die Zähne, schlüpft in ihr Nacht-Shirt und klatscht sich eine Antipickelmaske ins Gesicht. Ich fasse es nicht! Jettes Haut ist so glatt wie Josefinchens Babypopo und nicht mal mit tausendfacher Vergrößerung würde man die Spur eines Pickels entdecken.

„Meinst du, da läuft vielleicht doch was zwischen Tonis Mutter und deinem Vater?“, frage ich Jette, als wir schon das Licht ausgemacht haben.

„Neee“, tönt es gedehnt. „Glaub ich nicht. Und wenn, dann kriegt Papa es mit mir zu tun.“

Eine Weile ist es still. Fast still. Denn Jette schnieft und röchelt, was wohl eine Spätfolge der vielen Heulerei ist.

„Aber dein Papa ist doch frei“, sage ich. „Warum sollte er denn nicht …“
„Deswegen“, pampt Jette mich an und kehrt mir laut raschelnd und mit den Beinen strampelnd den Rücken zu.
Ups, äh, alles klar.
Während Jette kurz darauf gleichmäßig atmet – wahrscheinlich schläft sie schon –, liege ich mit offenen Augen da und starre in die Dunkelheit. Ich kann mir schon vorstellen, warum sie so heftig reagiert hat. Vielleicht hofft sie ja insgeheim immer noch, dass ihre Eltern wieder zusammenkommen. Ehrlich gesagt glaube ich nicht, dass das passieren wird. Mami meinte mal, zwischen Herrn und Frau Joost sei einfach *zu viel* vorgefallen. Und Jettes Mutter würde ja wohl auch kaum aus Hamburg wegziehen, wenn sie eigentlich viel lieber wieder mit ihrem Exmann zusammenkommen würde.
Arme Jette.

Jettes quakender Handy-Ton reißt mich am nächsten Morgen aus meinen Träumen. Was total ärgerlich ist, weil wir erst zur dritten Stunde haben und eigentlich länger schlafen könnten. Das Ding quakt und quakt, dann endlich kommen Jettes lianenartige Arme unter der Bettdecke hervor und sie angelt sich das Smartphone vom Nachttisch.

„Ja, Mama?“ Ihre Stimme klingt noch ganz nachtknöterig. „Hm, hm, aha, aha“, brummt sie und plumpst wieder in die Horizontale. Eine Weile scheint Frau Joost auf sie einzureden, dann krächzt Jette: „Du, Mama, ich muss Schluss machen. Mia hat bei mir übernachtet und krakeelt im Bad rum. Wahrscheinlich weiß sie wieder nicht, wie die Dusche angeht. Tschü-hüs!“

„Ich weiß nicht, wie die Dusche angeht? Sag mal, spinnst du?“

„Irgendwie musste ich sie ja abwimmeln. Sorry.“ Sie knufft mich zärtlich in die Seite.

„Was wollte sie denn?“

„Sie hat eine Wohnung gefunden.“ Jette zieht eine knautschige Bulldoggen-Stirn. „Heute unterschreibt sie den Mietvertrag.“

In meinem Magen purzeln plötzlich Dominosteine durcheinander. „Echt? So schnell?“

Der Deckenberg neben mir fängt wild an zu zucken. Wenn ich nicht wüsste, dass Jette da liegt, würde ich glauben, es ist Leonies Fellmantelhund.

„Erzähl. Was für eine Wohnung ist das? Ist sie schön? Liegt sie am Strand? Kann man die Wellen rauschen hören?“

„Keine Ahnung. Hat sie nicht gesagt.“

„Und was hat sie gesagt?“ Menno, man muss Jette aber auch alles aus der Nase ziehen.
„Dass … dass … dass …“, kommt es gedämpft aus der Überdecke.
Oh weh! Wenn Jette alles dreimal sagt, wird es meistens ganz besonders schlimm. Ich lüpfe vorsichtig die Decke und sehe in ihre himmelblauen brillenlosen Augen.
„Dass sie achtundachtzig Quadratmeter groß ist“, piepst sie, als sei das eine ganz schreckliche Tragödie.
„Ja und?“
„Mia, das ist winzig! Dann gibt es keine tausend Gästezimmer! Vielleicht nicht mal eins!“
„Hm“, mache ich, weil ich erst mal überlegen muss. So klein finde ich achtundachtzig Quadratmeter für zwei Personen nämlich gar nicht. Immerhin leben wir zu sechst auf hundert Quadratmetern! Aber schon klar, Jette ist von ihrer Geburt an immer nur riesige Altbauwohnungen, sprich halbe Paläste gewohnt.
„Warum hat sie denn keine größere Wohnung genommen?“, will ich wissen.
„Weil Sylt arschteuer ist.“
„Deine Mutter hat wirklich arschteuer gesagt?“
„Keine Ahnung, vielleicht auch *total teuer*. Oder *schweineteuer*. Oder *mistig teuer*. Ist doch alles dasselbe.“
Komisch. Ich dachte immer, Jettes Eltern schwimmen

nur so im Geld. Oder ist Sylt wirklich so richtig megagiga-irre teuer?
„Miss Butterfly?“ Jette pikst mich in die Seite.
Bevor ich auch nur einen Laut von mir geben kann, sagt sie: „Ich gehe heute nicht in die Schule.“
Ich richte mich so schnell auf, dass Sternchen vor meinen Augen flimmern. „Warum das denn nicht?“
„Ich … ich kann nicht!“, stößt sie hervor. „Weil ich das alles nicht aushalte. Mit Sylt und der Trennung von euch und überhaupt. Ist doch total doof.“
Ich finde das mindestens genauso doof wie sie. Noch doofer ist es allerdings, wenn Jette mich jetzt auch noch in der Schule hängen lässt.
„Und was willst du deinem Vater sagen?“
„Dass mir schlecht ist. Das heißt, mir wird erst schlecht, wenn ich von den leckeren Brötchen gegessen habe, die Joanna hoffentlich mitgebracht hat. Du verpetzt mich nicht?“
Ich schüttele den Kopf.
„Danke, Mia. Du bist wirklich die allerallerliebste, allerbeste Busenfreundin.“ Sie knutscht mir ein so sabschiges Igittigitt-Küsschen auf die Wange, dass mir schon wieder die Tränen kommen. Wie werde ich das vermissen!

# Jette lebt

„Echt? Krank?“

„Menno!“

„Was hat Jette denn?“

„Wie blöd!“

„Steckt das an?“, schallt es mir von allen Seiten entgegen.

Und weil ich eine supertruper Freundin bin, die natürlich dichthält, sage ich, dass man es noch nicht genau weiß, dass aber alles auf eine chronisch-periphär-famose Oskulose hindeutet.

„Eine was?“ Henning reißt erschrocken die Augen auf, während Alina, die neben mir steht, hinter vorgehaltener Hand losgluckst.

„Eine chronisch-periphär-famose Oskulose“, wiederhole ich megalässig.

Die Fantasiekrankheit mit dem unaussprechlichen Namen ist eine Erfindung von Jette. Die bringt sie immer an, wenn sie Leute auf Abstand halten oder vergraulen will.

„Und was genau ist das?“, will Mr Rülps wissen.
„Na ja“, sage ich und rolle mit den Augen. „Man muss andauernd aufstoßen, hat … äh … ziemlich blöde Toilettenprobleme und vor allem fiesen Ausschlag.“
Als könnte ich mich bereits bei Jette infiziert haben, machen alle bis auf Alina und Leonie den Abflug. Das ist mir nur ganz recht so. Ich mag es nämlich nicht, mich in immer mehr Lügen zu verstricken.
„Es reicht langsam. Wir brauchen einen XXL-Notfallplan“, sagt Alina, während ich das Brötchen auswickele, das mir Herrn Joosts Haushaltsfee heute Morgen geschmiert hat. Es ist – das wundert mich gar nicht – fingerdick mit Wurstscheiben belegt. Mein Bruder würde garantiert einen Luftsprung machen und drauflosfuttern. Ich wünschte, ich könnte es gegen ein Käsebrot von Mami eintauschen.
„Was meinst du mit XXL-Notfallplan?“, frage ich mich und hacke meine Beißerchen ins Brötchen. Mhm, es schmeckt gar nicht mal so übel.
„Jette wird ja schon krank vor lauter Kummer“, meint Alina. „Das geht nicht so weiter.“
„Hast du eine Idee?“, fragt Leonie.
Alina blickt in den Sommerhimmel, wo weiße Wattewölkchen miteinander kuscheln. „Wie wär’s, wenn wir mit ihrer Mutter reden? Vielleicht können wir sie ja noch irgendwie von der blöden Sylt-Sache abbringen.“

„Zu spät“, sage ich. „Frau Joost unterschreibt heute schon den Mietvertrag für die neue Wohnung.“
„Shitikowski“, murmelt Leonie, aber Alina meint, dass man Verträge ja auch wieder kündigen kann.
„Ganz sicher?“, will ich wissen.
Alina zuckt verunsichert mit den Achseln.
„Soll ich meinen Stiefvater fragen?“ Leonie schielt sehnsüchtig auf mein fleischiges Brötchen. „Der kennt sich mit so was bestimmt aus.“
„Gute Idee“, sage ich und trete das Brötchen an sie ab.
„Magst du nicht mehr, Mia?“, fragt sie.
Ich schüttele den Kopf. Irgendwie habe ich in letzter Zeit sowieso kaum Appetit. Und nur, weil ich nicht auch noch an chronisch-periphär-famoser Oskulose erkranken will, erkläre ich, dass wir es versuchen sollen. Und zwar heute, gleich nach der Schule.

Menschen wuseln durcheinander, es ist schwülwarm und ein paar ungebetene Tauben flattern durch die Bahnhofshalle.
Jette, Alina, Leonie und ich stehen an Gleis neun und warten auf den Zug, der gleich aus Sylt eintreffen wird.
Mami hat mir sogar hochoffiziell erlaubt, mit meinen Freundinnen zum Altonaer Bahnhof zu fahren. Allerdings war sie ziemlich verwundert und meinte, ob wir

noch was anderes, vielleicht Verbotenes, vorhätten, was wir ihr nicht sagen wollten. Also ehrlich, wenn ich heimlich nach Altona fahren will, frage ich doch nicht vorher meine Mami! Dann setze ich mich in die Bahn, düse los und behaupte hinterher, Jette und ich wären gemütlich die Osterstraße rauf- und runtergezuckelt.

„Grmpf", macht Jette und stampft mit ihren signalroten Turnschuhen auf.

„Wie?", frage ich. *Grmpf* kann bei ihr alles Mögliche heißen, von *Menno, ist das heiß heute!* über *Mist, wo sind bloß meine Lakritzschnecken?* bis *Uiiih, Fische kitzeln meine Füße!*

„Ich weiß nicht, ob das eine so gute Idee ist. Vielleicht fühlt Mama sich ja überrumpelt."

„Na und?", entgegnet Alina und wedelt mit dem Bestechungsblümchen, das wir eben noch von unserem zusammengelegten Taschengeld für Frau Joost gekauft haben. „Mit Sylt hat sie dich ja auch überrumpelt."

Das hat Alina allerdings recht. Und jemanden mit einem Gespräch zu überrumpeln, ist weitaus weniger schlimm, als die eigene Tochter vor vollendete Tatsachen zu stellen.

„Es geht los!", ruft Leonie, die aufgeregt ihr Bauchröllchen knetet. Wir haben abgemacht, dass Jette sich hinter dem Kiosk versteckt und wir so tun, als würden wir Frau Joost alleine abholen.

Der Zug läuft ein, die Türen gehen auf und ein Schwall

fischstäbchenpanadigbrauner Urlauber ergießt sich auf den Bahnsteig. Menschen strömen an uns vorbei, wir verrenken uns die Hälse, dann endlich taucht Frau Joost im Gewusel auf. Sie trägt eine sportlich-elegante weiße Hose zu einer zitronengelben Tunika und zieht einen edlen Rollkoffer hinter sich her. Ihre Haare sind plusterig hochgesteckt.

„Was macht ihr denn hier?", fragt sie erstaunt, als sie herankommt.

„Wir dachten, wir holen Sie ab", sagt Alina und überreicht ihr die Blume.

Frau Joost bedankt sich verdattert. „Und Jette? Kommt die auch gleich?"

„Äh, wir wollten noch mal mit Ihnen reden", übergehe ich ihre Frage.

„Ist etwas passiert?"

Ich schüttele den Kopf. „Jette lebt."

„JETTE LEBT? Was soll das denn heißen?" Frau Joost greift sich panisch in die Plusterfrisur, wodurch diese erst richtig in Unordnung gerät.

„Sie war heute nicht in der Schule", erklärt Alina. „Weil es ihr so schlecht geht."

„Mein Mann hat mich aber gar nicht angerufen", sagt Frau Joost und zückt ihr Handy.

„Sie ist ja auch nicht richtig krank", schalte ich mich wieder ein. „Sie ist nur einfach total traurig wegen der Sache mit dem Umzug und da wollten wir fragen …"

Frau Joosts Fingernägel klackern über die Tastatur ihres Handys. Sie hört gar nicht zu.
„Also, wir wollen fragen …“, nehme ich einen neuen Anlauf.
Frau Joost blickt auf.
„Ob Sie sich das mit Sylt nicht noch mal überlegen können“, fahre ich mit fester Stimme fort.
„Mia.“ Jettes Mutter lächelt, als hätte sie Zahnschmerzen. „Ich finde es wirklich ganz herzig von euch, wie ihr euch für eure Freundin einsetzt, nur …“ Ihre zitronengelben Schultern rutschen nach oben. „Ich habe heute den Mietvertrag für die neue Wohnung unterschrieben.“
„Aber Mietverträge kann man doch kündigen“, sagt Leonie megaschlau.
Frau Joost steckt ihr Handy wieder weg und zieht den Rollkoffer langsam weiter. „Ich fange Mitte Juli in der Apotheke meiner Freundin an. Das ist fest abgemacht. Und Jette ist auch schon in ihrer neuen Schule angemeldet.“
Alina bleibt stehen und ihre Augen funkeln. „Frau Joost, haben Sie Jette eigentlich mal gefragt, wie sie sich dabei fühlt? Das ist … das ist …“, ihre Arme rudern in der Luft, „megaegoistisch ist das von Ihnen!“
Ups. So kämpferisch habe ich Alina ja noch nie erlebt! Sonst ist sie immer zart wie ein Blümchen und traut sich kaum, ihre Meinung zu sagen.

„Ich weiß, Alina. Das ist schon ein bisschen egoistisch. Andererseits …" Sie kommt nicht mehr dazu zu sagen, was *andererseits* ist, weil Jette wie eine Furie mit schief sitzender Brille um den Pfeiler herumspringt. Frau Joost stößt einen heiseren Schrei aus, der bestimmt noch bis Eimsbüttel zu hören ist. „Jette! Musst du mich so erschrecken?"
„Ja, muss ich! Ich will nicht weg aus Hamburg!"
Frau Joost sagt so Sachen wie *Jetzt beruhig dich mal* und *Die Leute gucken ja schon*, aber das macht es nur noch viel schlimmer. Zeternd läuft Jette aus der Bahnhofshalle, wir anderen poltern hinter ihr her.
„Mögt ihr ein Eis?", fragt Frau Joost erschöpft, als wir es unfallfrei auf den Vorplatz geschafft haben.
„Eis?" Jette quiekt wie ein Ferkel. „Du meinst, wir essen jetzt ein Eis und dann ist alles wieder gut?"
„Ach, mein Schatz. Jetzt mach's mir doch bitte nicht so schwer."
„Pff!" Sie verdreht die Augen und kehrt ihrer Mutter den Rücken zu.
Frau Joosts Blick geht zu Leonie, Alina und mir. „Wie sieht's bei euch aus?"
Keine von uns sagt einen Ton. Lust hätte ich ehrlich gesagt schon und Leonie, die Leckereien nur schwer widerstehen kann, sowieso. Doch wenn wir jetzt Ja sagen, wäre das, als würden wir Jette in den Rücken fallen.

„Also gut, dann lade ich euch ins Taxi und wir fahren nach Hause."

„Wir können auch mit dem Bus zurückfahren", erkläre ich leise, aber Frau Joost meint, das käme ja gar nicht infrage, sie trage sozusagen die Verantwortung für uns.

Sie winkt ein Großraumtaxi heran, wir steigen ein, und während der Wagen durch die sommerliche Stadt gleitet, kämpfe ich mit den Tränen. Frau Joost wird ihre Meinung nicht mehr ändern. Niemals. Und das tut einfach nur megaweh.

*Liebes Tagebuch,*

*dies ist wieder ein heftiger Kummereintrag. Okay, bald sind Sommerferien, das ist natürlich supertruper. Nur was nützt mir das, wenn Jette dann weg ist?*

*Alina, Leonie und ich haben alles versucht, aber Frau Joost lässt sich nicht umstimmen. Nach dem Überfall am Altonaer Bahnhof hat Frau Joost uns doch noch zu einem Eis in der Eisdiele überredet und sich ziemlich lange mit uns unterhalten.*

*1. Es tut ihr ja auch weh, dass wir alle so megatraurig sind, nur ändert das leider nichts an ihrer Entscheidung.*

*2. Frau Joost meint, Sylt ist überhaupt nicht so weit weg von Hamburg. Hallo? Das sind mindestens drei Stunden mit dem Zug!*
*3. Wir könnten Jette jederzeit besuchen. (Hallo? Jeden Nachmittag vielleicht? Und wer zahlt die Fahrkarte?)*
*4. Jette kann auch jederzeit nach Hamburg fahren und uns besuchen. (Hallo? Jeden Nachmittag vielleicht?)*
*5. Wir hätten doch Handys und könnten damit kommunizieren. Frau Joost hat wirklich so richtig gestelzt „kommunizieren" gesagt. Toller Vorschlag, nur kann ich Jette dabei leider nicht über die Glanzhaare fahren oder eine Lakritzschnecke von ihr abstauben, von ihren sabschigen Igittigitt-Küsschen, die sie sonst so großzügig verteilt, ganz zu schweigen.*
*Vielleicht hat sie auch noch 6. oder 7. etwas Schlaues von sich gegeben, aber das ist einfach so durch mich hindurchgerauscht.*
*Was Frau Joost einfach nicht begreifen will: Es ist etwas total anderes, ob deine beste Freundin zehn Minuten von dir entfernt wohnt und du zusammen mit ihr zur Schule, zum Ballett und sonst wohin gehst oder ob du erst dreieinhalb Stunden mit dem Zug zu ihr fahren musst.*
*Mami meint, das sei eben der Unterschied zwischen Kinderfreundschaften und Freundschaften unter Erwachsenen. Erwachsenen macht es anscheinend nicht besonders viel aus, wenn ihre Freunde weiter weg*

*wohnen und dann nie da sind, wenn man sie braucht. Komisch, komisch.*
*Schlussfolgerung: Ich will nicht erwachsen werden. Denn mal ehrlich: Wozu soll das eigentlich gut sein?*

# Eh-ewig-keit

Dann bricht eine Reihe schnieftodtrauriger Schönwettertage an.

TAG EINS (MONTAG):

Alle Arbeiten vor den Zeugnissen sind geschrieben, und um meine Note aufzubessern, halte ich mein freiwilliges Referat über das französische Frühstück (*le petit-déjeuner*). Alina hatte keine Lust, sich auch noch neben dem üblichen Schulstress anzustrengen, und Jette ist im Moment sowieso alles egal. Für mich war die Ausarbeitung des Referats a) eine super Ablenkung und b) eine gute Gelegenheit, um mit dem süßen Zahnspangenfranzosen hin und her zu mailen. Jean-Pierre hat sich riesig gefreut, dass ich ihn gefragt habe. Er hat mir megaviele Tipps gegeben. Zum Beispiel, dass viele Franzosen ihre *tartine* (das ist eine Scheibe Weißbrot mit Butter und Marmelade) am liebsten in den Kaffee oder in die Schokolade tunken (*tremper),* dass sie nicht mal einen Teller benutzen, sondern den Tisch oder die Tischdecke vollkrümeln und dass

Croissants nur sonntags auf den Tisch kommen. Die ganze Klasse lauscht gespannt, während ich meinen Vortrag halte. Selbst die babyhaften Jungs finden das interessant. Und als ich am Ende sogar noch die neuen Vokabeln an die Tafel schreibe, gerät Frau Hübsch total aus dem Häuschen. Das sei so ein lebendiges und lehrreiches Referat gewesen, schwärmt sie, Landeskunde zum Anfassen. Und dafür, dass ich einige Sätze im *passé composé* gebildet habe, gibt es noch ein extra Lob. Hoffentlich lässt Frau Hübsch die verhauene Arbeit unter den Tisch fallen! Bitte, bitte!

TAG ZWEI (DIENSTAG):

Der Schultag verläuft öde/zäh/ohne jede Höhepunkte. Nachmittags räume ich mit Jette ein paar von ihren Sachen (Bücher, rote Klamotten, Krimskrams) in Umzugskartons. Das ist einfach nur heultraurig. Anfang nächster Woche werden die Kartons abgeholt und Mittwoch, also morgen in einer Woche, fährt Jette nach Sylt.

HÖLLE!

TAG DREI (MITTWOCH):

Noch immer ist kein Höhepunkt in Sicht, dafür gibt es jede Menge Tiefpunkte in meinem Leben. Die Schorle läuft in meiner Schultasche aus (Hilfe, alles klebt!), Streber-Christi verstaucht sich beim Volleyball den Fuß (autsch, auweia) und Jette bekommt im Mädchenklo wegen Leo einen Heulkrampf (noch mal autsch und auweia). Angeblich hat er sie die letzten Tage keines Blickes gewürdigt. Und das, obwohl er doch weiß, dass sie bald weg ist. Ich wollte Jette nicht sagen, dass vielleicht genau das der Grund ist. Wozu soll er sich enger mit einem Mädchen anfreunden, das nach den Sommerferien sowieso nicht mehr da ist? Aber weil sie so mies drauf war, habe ich lieber meinen Mund gehalten.

TAG VIER (DONNERSTAG):

Ein winziger Lichtblick! Omi ist zu einem Juwelier gegangen, um die Seestern-Brosche schätzen zu lassen. Der Juwelier hat sie wohl ellenlang mit der Lupe beguckt und wollte noch keine Summe nennen, aber Omi meint, er hätte leuchtende Augen bekommen. Das ist immerhin schon mal ein gutes Zeichen. Vielleicht springt ja ein nettes Sümmchen für sie dabei raus.

TAG FÜNF (FREITAG):

Heute ist ein absoluter Horroralbtraumtag. Nicht wegen der Zeugnisse, sondern wegen Jette, die a) ihren letzten Schultag und b) ihre letzte Ballettstunde bei Frau Georgi hat. Dass ich auch nicht mehr hingehen will, wenn sie erst mal auf und davon ist, weiß sie noch nicht. Das werde ich ihr erst später verklickern. In der ersten Stunde haben wir Kunst bei Herrn Meyer. Zum Glück müssen wir heute nichts malen, sondern gucken einen Film, den er als Student mit seinen

Mitstudenten und -studentinnen selbst gedreht hat. Das ist so kicherkomisch! A) sieht man Herrn Meyer, der ja inzwischen eine Glatze hat, mit einem wuscheligen Lockenkopf (kreisch!), b) kann man ihm beim Malen riesengroßer Gemälde über die Schulter gucken. Ich wusste gar nicht, dass unser Lehrer ein echter Künstler ist! Wenn man mich fragt, sollten seine Bilder in Museen hängen.
Nach der kleinen Pause, die Jette und ich vorm Toilettenspiegel beim Haarekämmen verbringen (das heißt, Jette kämmt sich die Haare, ich schaue bloß zu), haben wir Deutsch bei Papi. Letzte Stunde in diesem Schuljahr, juchhu! Weniger juchhu ist, das Zeugnis vom eigenen Vater ausgehändigt zu bekommen. Ehrlich, ich zähle die Tage, bis Frau Müller-Stegemann endlich aus der Elternzeit zurückkommt. Papi kennt natürlich schon länger meine Noten, hat aber die ganze Zeit keinen Mucks gesagt.
„Ich will euch nicht auf die Folter spannen", sagt er gleich beim Reinkommen. Peinlicherweise hat er die gruseligen Ökosandalen von heute Morgen angelassen. „Ich teile jetzt rasch die Zeugnisse aus und dann verabschieden wir Jette."
Obwohl mich bestimmt keine große Zeugnis-Katastrophe erwartet, schlägt mir das Herz bis zum Hals, als Papi durch die Reihen geht. Zum Glück hat er die Zeugnisse nicht von sehr gut bis total mies und auch

nicht alphabetisch sortiert. Ich komme erst dran, als der Großteil der Klasse schon den Wisch in den Händen hält.
„Sehr schönes Zeugnis, Mia“, sagt Papi und lächelt mich mit seinem Lehrerlächeln an. Das ist komischerweise ganz anders als sein Papi-Lächeln zu Hause. Irgendwie neutraler. Als wären alle echten Gefühle beim Brötchenholen um die Ecke.
Ich riskiere einen Blick und kippe fast hintenüber. Frau Hübsch hat mir eine Eins gegeben. Mein Referat hat also alles wieder rausgerissen. Auch in Deutsch habe ich eine Zwei, obwohl ich in Papis Unterricht ja meistens stumm wie ein Fischstäbchen bin.
Ich drehe mich nach meinen Freundinnen um. So wie sie in sich hineingrinsen, scheint auch bei ihnen alles im grünen Bereich zu sein.
„Jette“, sagt Papi mit feierlicher Stimme. „Christi hat zum Abschied eine Überraschung für dich vorbereitet.“
„Wie, was, echt jetzt?“, stottert Jette.
Ich bin selbst total überrascht, als Christi aufsteht und, ihre braune Mähne schüttelnd, nach vorne geht. Papi hat kein Sterbenswörtchen verraten.
„Ähm, also, was ich sagen will, Jette …“ Christi räuspert sich. „Ich glaube, nicht nur Mia, Alina und Leonie werden dich ganz schrecklich vermissen. Und damit du dich immer an uns erinnerst, habe ich eins meiner Lieder auf dich umgetextet.“

Ein Raunen geht durch die Klasse, und als Christi mit ihrer wunderschönen glockenhellen Engelsstimme zu singen beginnt, laufen mir prickelige Schauer über den Rücken.

*Haare wie Seide*
*Augen wie Seen*
*es darf nicht geschehen*
*dass wir dich*
*nie wiedersehen.*

*Schau nach vorn*
*blick auch mal zurück*
*pflücke jeden Tag das Glück*
*wenn Wellen rauschen*
*wenn Möwen kreischen.*
*Freundschaft ist ein großes Wort*
*aber sie bleibt, sie bleibt*
*bis in alle Ewigkeit*
*Eh-ewig-keit.*

Ein paar Sekunden lang ist es andächtig still, dann wird geklatscht, getrampelt und gepfiffen, sodass es bestimmt noch in den Nachbarklassen zu hören ist. Ich bin megagerührt. Und als ich mich nach Jette umdrehe, nimmt die gerade ihre Brille ab und wischt sich verstohlen eine Träne aus den Augen. Ich an ihrer Stelle würde garantiert Rotz und Wasser heulen.

„Vielen Dank, Christi“, sagt Papi, „das war wirklich sehr schön.“

„Danke, Christi“, krächzt nun auch Jette und packt die mitgebrachten Süßigkeiten auf dem Lehrerpult aus.

Bloß einen Wimpernschlag darauf beginnt das totale Verabschiedungskuddelmuddel. Während ich mit Christi, Sofia, Alina, Papi und Leonie zusammenstehe und eine Lakritzschnecke nasche, umarmt Jette alle möglichen und unmöglichen Leute (sogar Mr Rülps und Henning, ich fasse es nicht!). Vielleicht ist es ihr jetzt auch egal, weil sie die ganzen Leute sowieso nicht mehr wiedersieht.

„Meinst du wirklich, dass echte Freundschaft bis in alle Ewigkeit hält?“, frage ich Christi, als Papi von Irina und Annika in Beschlag genommen wird. Ich mag über solche mega-schlau-philosophischen Fragen irgendwie nicht reden, wenn Papi danebensteht. Jedenfalls nicht in der Schule.

Christi guckt an die Decke, als würde dort die Antwort stehen. „Ja, ich denke schon“, sagt sie nach einer Weile und heftet ihren Blick wieder auf mich. „Sonst würde ich nicht darüber singen.“

„Also, ich glaube nicht daran“, wirft Sofia ein, etwas schwarzen Lack von ihren Nägeln knibbelnd.
„Und warum nicht?“, will ich wissen.
Sie erzählt von einer Freundin, mit der sie früher in München total dicke war, die sie dann aber, als ein anderes Mädchen in ihre Klasse kam, von jetzt auf gleich nicht mehr beachtet hat.
Das ist traurig, jedoch noch lange kein Beweis, dass Freundschaft nicht bis in alle Eh-ewig-keiten halten kann.
„Omis Freundin“, wende ich ein, „also, die, die gestorben ist … Die beiden kannten sich aus der Schulzeit und waren ein Leben lang befreundet.“
Christis Kopf wackelt nachdenklich auf und ab. „Meine Mutter ist auch noch mit einem Mädchen von damals befreundet. Aber eine andere aus ihrer Klasse will nichts mehr von ihr wissen.“
Als Christi schließlich ein Beispiel von einer Freundschaft bringt, die unter großem Tamtam auseinandergegangen ist, stelle ich meine Ohren auf Durchzug. A) bin ich damit beschäftigt, Jette zu beobachten, die sich gerade von Meike verabschiedet, b) versuche ich mir einzureden, dass es mit Jette und mir niemals auseinandergehen wird. Selbst wenn sie auf dem Mond und ich auf dem Mars leben würde. Weil wir einfach wie Topf und Deckel, wie Cappuccino und Milchhaube, wie Fischbrötchen und Hering sind.

Sie blinzelt mir hinter ihren Brillengläsern zu und für einen Mikromoment ist meine Welt wieder in Ordnung.

„Wollen wir nicht lieber schwänzen?“, frage ich Jette, als wir am Nachmittag mit dem Bus zum Ballett fahren. Wir könnten jetzt irgendwo ein Eis essen, puffigknuffige Wolken beobachten und so tun, als würden einfach nur stinknormale Sommerferien vor uns liegen.
„Spinnst du?“, faucht Jette, als hätte ich ihr vorgeschlagen, nackt und mit einem blinkenden Gummifrosch auf dem Kopf über die Osterstraße zu laufen. „Das ist meine letzte Stunde bei Frau Georgi! Was soll sie denn denken, wenn ich die einfach schwänze?“
Ich parke meinen Kopf auf ihrer Schulter. „Ja, du hast ja recht. Aber es ist so heiß und mir ist gerade total kodderig.“
„Bist du krank?“
Ich schüttele den Kopf. „Ehrlich gesagt weiß ich nicht, wie ich noch eine Abschiedsstunde überstehen soll. In der Schule war es schon so schlimm.“
Jette fährt mit ihren schwitzigen Händen über meine Knie. Bestimmt geht es ihr genauso schlecht wie mir. Oder noch schlechter, weil sie ja diejenige ist, die sich aus unser aller Leben verabschieden muss.

Da wir etwas früh dran sind, holen wir uns ein Eis und setzen uns damit auf die Stufen zur Ballettschule. Vielleicht brauche ich einfach nur etwas in den Magen und dann verschwindet das kodderige Gefühl von ganz allein?
„Ich muss dir noch was gestehen, Jette.“ Ich wickele das Eis aus. Lecker, Vanille-Nuss in der Waffel!
„Hat Jean-Pierre dir einen Heiratsantrag gemacht?“
„Sehr witzig“, sage ich und muss nun doch ein bisschen kichern. Ein Glück, dass Jette trotz Abschiedsschmerz noch so blöde Sachen von sich geben kann.
„Also?“ Etwas Eis tropft bei ihrem Eis runter und sie fängt es blitzschnell mit der Zunge auf.
„Ich geh auch nicht mehr hin.“
„Wohin?“
Ich deute mit dem Daumen hinter mich.
„Was? Du hörst mit Ballett auf? Nicht dein Ernst!“
„Doch.“
„Warum?“, kreischt sie.
„Weil es ohne dich keinen Spaß macht.“
Jette schaut eine Weile stumm vor sich hin. Nur unsere Schleck-Geräusche sind zu hören. Nach einer Weile wendet sie mir den Kopf zu und sagt: „Miss Butterfly, mach keinen Scheiß. Wahrscheinlich bringt es erst mal nicht so viel Spaß wie sonst, mir bestimmt auch nicht, aber wir dürfen nicht aufhören zu … zu …“ Sie rudert mit den Armen. „Zu leben!“

Ein paar Mädchen aus unserer Ballettklasse kommen vorbei und wir verstummen. Als sie im Gebäude verschwunden sind, erkläre ich Jette, dass ich das ja auch gar nicht vorhabe. Nur Ballett steht dann eben nicht mehr ganz oben auf meiner Liste.
„Bitte, Mia, tu mir das nicht an!“
Jette fängt fast an zu heulen. Damit die Stimmung nicht total kippt, behalte ich für mich, dass ich vielleicht viel lieber mit Alina zum Fußballtraining gehen möchte. Nicht, weil ich so heiß aufs Kicken bin, sondern um ein Hobby zu haben, das ich mit einer meiner Freundinnen teilen kann.
Die Streberputen Nienke und Helena sind im Anmarsch und auch wir dackeln langsam in die Umkleide. Die ganze Zeit bin ich darauf gefasst, dass sie Jette einen fiesen oder schleimig-netten Spruch reindrücken – Jette ist ja ihre stärkste Konkurrentin –, aber sie ziehen sich schweigend ihre Trikots an und tuscheln nicht mal wie sonst.
Kurz darauf stehen wir an der Stange und schon nach den ersten Pliés fühlt sich alles ganz normal an. Klaviermusik klimpert aus den Boxen, Frau Georgi geht herum und korrigiert, und weil es so megaheiß ist, sind wir alle mächtig am Schwitzen. Nicht eine Sekunde habe ich das Gefühl, dass es eine Abschiedsstunde ist. Nach den Exercices an der Stange üben wir Pirouetten und Grands jetés, danach beginnt Frau

Georgi mit einer neuen Choreografie und gibt Jette sogar noch einen Solopart.
„Äh, Frau Georgi?“, sagt Jette und ruckelt nervös an ihrer Brille.
„Ja, bitte, Jette?“
„Das hier ist doch … ich meine … ich bin beim nächsten Mal gar nicht mehr dabei.“
Frau Georgi lächelt. Sie LÄCHELT tatsächlich, was einem Weltwunder gleichkommt. „Mir ist schon bewusst, dass dies deine letzte Stunde ist. Na und?“
„Aber dann lohnt sich das doch nicht mehr. Vielleicht könnte ja Nienke oder Helena …“
Aus dem Augenwinkel sehe ich, wie die Puten schneckenschleimig grinsen.
„Ja, das könnten sie, aber … meine Damen!“ Frau Georgi klatscht in die Hände. Ein Zeichen, dass wir ruhig sein sollen. „Alles *lohnt* sich. Wichtig ist nur, dass ihr euer Leben mit sinnvollen Dingen ausfüllt. Mit Erlebnissen, die euch für den Moment glücklich machen.“ Ihr Blick wandert zu Jette. „Ich gehe mal davon aus, dass es dich glücklich macht, wenn du heute das Solo tanzt, nicht wahr?“
Jette nickt zwar, doch an ihrer gekrausten Stirn merke ich, dass bei ihr schon wieder Tränenalarm herrscht.
Das Training geht weiter. Während ich Jette dabei zusehe, wie sie die Tanzschritte übt und nach ein paar Malen fast fehlerfrei und mit glänzenden Augen

vortanzt, bin ich mit meinen Gedanken bei Omi Olga. Hat sie nicht etwas Ähnliches gesagt? Dass man jeden Tag leben soll, als wäre es der letzte? Omi und Frau Georgi haben bestimmt recht mit ihren Lebensweisheiten. Denn wäre dies hier Jettes letzter Tag auf der Erde (was ich natürlich nicht hoffe!), hätte sie immerhin noch das kleine Solo getanzt und megaglänzende Augen gehabt.

Nach der Abschlussübung kommt Frau Georgi mit langen Schritten auf Jette zu, streckt ihr die Hand hin und sagt: „Du warst eine wirklich großartige Schülerin. Aber das weißt du ja sicher."

„Äh, danke, Frau Georgi", krächzt Jette.

„Ich hab eine Bitte an dich, mein Mädchen." Frau Georgis Stimme hat plötzlich einen ungewöhnlich warmen Klang.

„Ja?" Jettes blonde Augenbrauen rutschen nach oben.

„Versprichst du mir, dass du dir auf Sylt eine neue Ballettschule suchst?"

„Äh ja, klar", stammelt Jette.

Unsere Lehrerin nickt zufrieden. „Alles Gute für deine weitere Zukunft." Sie streicht Jette über die Glanzmähne (ups, das hat sie ja noch nie gemacht!), dann sagt sie, indem sie in meine Richtung schielt: „Dich sehe ich ja nächste Woche."

Eine Minisekunde lang stockt mein Herz. Es tuckert weiter und ich höre mich stottern: „Äh, ja, natürlich."

Ohne Eile schlendern wir aus dem Saal, doch kaum sind wir bei den Toiletten angekommen, presst Jette mich an die Wand und quiekt: „Hast du das eben ernst gemeint?“

„Logo“, erkläre ich und wundere mich selbst darüber, dass sich meine Fußball-Lust quasi von selbst in Luft aufgelöst hat.

„Danke, Miss Butterfly. Du bist die tollste, liebste, allerschönste Freundin, die man sich nur vorstellen kann.“

Ich seufze. Vielleicht bin ich das. Vielleicht bin ich es Jette aber auch einfach nur schuldig, weiterzumachen.

# Megawackelige Tränenstimme

Dann ist er da, unser letzter Quasselsabbelnachmittag zu viert. In knapp sechzehn Stunden zieht Jette weg. Und weil das so todschnieftraurig ist und es morgen bestimmt noch viel schlimmer sein wird, wollen wir uns heute schon verabschieden. Bei mir zu Hause. Mit eisgekühlter Zitronenlimo auf dem Balkon. Frei nach dem Motto von Frau Georgi versuchen wir so glücklich wie möglich zu sein. Das heißt, wir quasseln, quatschen und kichern wie sonst auch und klammern das Thema *Jette-ist-morgen-futsch-und-auf-und-davon* einfach aus.

Nachdem wir die neue Knutschtussi von unserem Schulsprecher Branco durchgehechelt haben (sie sieht aus wie eine Barbiepuppe), schwenken wir auf unsere Ferienpläne um. Jette ist logischerweise die ganzen sechs Wochen auf Sylt. Sie soll/muss sich in ihrem neuen Zuhause einleben, kann natürlich aber auch, wenn sie Lust hat, an den Strand gehen (die hat's gut!). Alina bleibt unter der Woche zu Hause (ihre

Mutter muss ja arbeiten), nur am Wochenende wollen die beiden Tagesausflüge an die Ostsee unternehmen. Alina hatte ihrer Mutter Sylt vorgeschlagen, das ist ihr aber blöderweise zu weit weg und wohl auch zu teuer. Leonie fährt in der zweiten Ferienhälfte mit ihrem Stiefbruder Enzo und ihrer Mutter zu der Familie ihres Stiefvaters nach Italien. Danach kommt sie jedes Mal brutzelbraun (in etwa wie ein Schnitzel, das man zu lange in der Pfanne gelassen hat) und mit ein paar Kilo mehr auf den Rippen zurück. Das liegt daran, dass ihre Stiefoma sie von morgens bis abends mit italienischem Essen verwöhnt.
Mami und Papi haben für die letzten beiden Ferienwochen ein Haus auf Usedom an der Ostsee gebucht. Früher ging es nicht, weil Papi Diego beim Renovieren seines Lofts helfen will und Mami jede Menge Fußpflegepatienten zu versorgen hat. Anders als sonst freue ich mich diesmal kein bisschen auf unseren Ostseeurlaub. Weil ich viel lieber Jette auf Sylt besuchen würde. Doch Papi meinte, sie könnten a) nicht mehr umbuchen und b) sei Sylt für eine sechsköpfige Familie unerschwinglich. Das verstehe ich ja auch, aber ich finde es gemein, dass ich in den ersten Ferienwochen nicht einfach so zu Jette fahren darf. Wenn ich in ihrem Zimmer unterschlüpfe, kostet das nur die Fahrkarte. Die würde ich sogar von meinem gesparten Taschengeld kaufen.

Ich habe gebettelt und geheult, doch nichts zu machen. Mami ist der Ansicht, Frau Joost und Jette müssen sich jetzt erst mal neu orientieren und dabei würde ich nur stören. Papi findet, ich soll Jette nicht gleich am Anfang die Chance nehmen, sich ein neues soziales Umfeld zu erschließen. (Tut mir leid, Papi, aber das ist richtig schlau-blödes Lehrergequatsche!)
„Was wird denn aus den Hunden, wenn ihr nach Italien fahrt?“, erkundigt sich Jette bei Leonie.
„Die kommen mit. Unser Auto ist ja groß genug.“
„Aber dem Fellmantelhund ist es in Italien bestimmt viel zu heiß“, sage ich.
„Das geht schon. Im Wagen haben wir ja eine Klimaanlage und da unten am Meer ist es manchmal angenehmer als in Hamburg.“
„Ich würde auch so gerne richtig verreisen“, piepst Alina wie ein frisch geschlüpftes Vögelchen. „Einfach mal länger als nur für ein Wochenende.“
Arme Alina! Ihre Mutter ist alleinerziehend und verdient als Verkäuferin im Kaufhaus nicht so viel, um sich einen größeren Urlaub leisten zu können. Umso mehr sollte ich mich auf unsere Ostseeferien freuen. Aber ich kriege es trotzdem nicht hin.
Jette starrt mit finsterer Miene in ihre Limo. „Echt, wenn mir eine Fee versprechen würde, dass ich für immer in Hamburg bleiben dürfte, müsste ich von mir aus auch gar nicht mehr wegfahren.“

„Nie wieder?“, fragt Leonie und presst ihre Knutschlippen zu einem Strich aufeinander.
„Nie wieder.“ Jette schaut so entschlossen drein, dass ich ihr das auf der Stelle abkaufe.
Eine Ökosandale mit Männerfuß schiebt sich auf den Balkon, erst danach taucht Papis restlicher Körper samt Kopf und Vollbart auf. „Mögt ihr noch was trinken?“, erkundigt er sich. „Oder habt ihr Hunger? Ich hab für später Nudelsalat gemacht. Ganz lecker mit getrockneten Tomaten und Pinienkernen.“
Wir schütteln die Köpfe. Ich mag nicht mal an Essen denken! Seit wir hier zusammensitzen und uns einen glücklichen Quasselsabbelnachmittag vorgaukeln, ist mein Magen wie zugeschnürt. Das Einzige, was flutscht, ist die Limonade.
Kaum ist Papi wieder weg, fängt Jette lautstark an zu seufzen, Leonie knetet ihre Bauchrolle und Alina starrt mit Trauerkloßmiene in ihr leeres Limoglas. Frau Georgis und Omis Lebensweisheiten scheinen auf Dauer nicht hinzuhauen. Abschied ist nun mal Abschied und der tut immer megaweh.
„Du hast einen richtig tollen Vater, Mia, weißt du das?“, sagt Jette nach einer Weile.
„Du ja wohl auch“, erwidere ich, obwohl das nicht ganz der Wahrheit entspricht. Herr Joost ist manchmal schon ein bisschen komisch.
„Mein Papa kann aber keinen Nudelsalat machen“,

sagt sie. „Und er fragt auch nie meinen Besuch, ob wir etwas zu trinken haben möchten."
„Aber … äh … er hat doch neulich schön Abendbrot für uns gemacht", sage ich, erspare es mir jedoch, die Kuchenplatte mit den Wursthaufen darauf zu erwähnen.
„Und er verdient so viel Geld, dass du alles kriegst, was du willst", wirft Alina ein.
„Dafür kann man sich manchmal auch nichts kaufen", murmelt Jette.
„Wie meinst du das?", hake ich nach.
„Miss Butterfly." Jette legt ihr schwitziges Patschhändchen auf meins. „Wäre mein Daddy nur ein klitzekleines bisschen so wie deiner, könnte ich ja vielleicht auch in mein graues Reich ziehen."
Ich starre Jette entgeistert an.
Leonie starrt Jette entgeistert an.
Alina starrt Jette entgeistert an.
Irgendwie war immer klar, dass Jette und ihre Mutter zusammengehören. Und weil das so ist, war es für mich bloß logisch, dass Jette mit ihrer Mutter wegzieht. Dass sie auch nur eine Sekunde darüber nachgedacht hat, in Hamburg bei ihrem Vater zu bleiben, ist mir nie in den Sinn gekommen.
„Du würdest echt hier bleiben, wenn dein Vater mehr … äh … mütterliche Eigenschaften hätte?", frage ich.
Jette zuckt mit den Achseln, deutet ein Nicken an und

schüttelt ihre Glanzhaare hin und her. „Keine Ahnung. Ich hätte es ja mal probieren können.“

Alina schnippt aufgeregt mit den Fingern. „Aber es gibt doch bestimmt Kurse für Väter, wo man aus ihnen … ähm … so was wie Mütter macht.“

Auch wenn das alles nicht besonders witzig ist, muss ich kichern. Gerade war Herr Joost mit blonder Plusterfrisur und geschminkten Lippen vor meinem inneren Auge aufgetaucht.

Jette wirft mir einen Funkelblick zu, schon treten ihr Tränen in die Augen.

„Es geht ja nicht nur ums Kochen, Aufräumen und Wäschewaschen“, sagt sie mit heulwackeliger Stimme. „Das macht alles Joanna. Es wäre schon okay, wenn er kapieren würde, dass er eine Tochter hat.“

„Das weiß er doch“, sage ich.

„Aber er zeigt es mir nie! Und ich hab auch keine Lust, seine Ersatz-Tageszeitung zu sein.“

Arme Jette. Mir war gar nicht klar, dass sie so sehr unter dem Larifari-Verhältnis zu ihrem Vater leidet. Natürlich kann ich sie verstehen. Ich habe so einen tollen Papi, der sich meine Sorgen anhört, mir immer hilft, wenn ich ihn brauche, und mich auch mal in den Arm nimmt.

Ich stupse Jette an. „Und wenn du es trotzdem mit deinem Papa versuchst? Mehr als schiefgehen kann es ja nicht.“

Jette schüttelt megatraurig den Kopf. „Nee. Da würde Mama garantiert ein Machtwort sprechen."
Mist und Shitikowski. Die Vorstellung, dass Jettes Wegzug auf den letzten Drücker noch gekippt wird, war einfach zu schön gewesen. Wir wechseln das Thema, reden über belanglose Sachen wie Alinas supergutes Zeugnis und Leonies aufgeschürftes Knie. Doch mit jeder Sekunde, die davontuckert, werden wir bloß noch trauriger.
„Okay, Mädels, ich geh jetzt", sagt Jette, nachdem Frau Joost schon das dritte Mal auf Jettes Angeberhandy angerufen hat, um sie nach Hause zu bestellen. Auf dem Flur schießen wir ein letztes Selfie von uns vieren (darauf sehen wir ausnahmsweise alle aus, als würden wir zum Vogelscheuchen-Contest antreten), dann drückt Jette uns der Reihe nach.
Ups, was vergessen! Wie der Blitz schieße ich in mein Zimmer, krame in meiner Schreibtischschublade und finde zum Glück den Engel mit dem Herzen.
„Der ist für dich", sage ich kurz darauf auf dem Flur. „Der soll dich beschützen."
„Menno, Miss Butterfly, du bist echt …" Jette zwickt und knutscht mich. „Das ist mega-giga-irre süß von dir!"
„Jette, du gehst schon?" Mami steht plötzlich auf dem Flur, hinter ihr tauchen Papi, Lena und Lukas auf.

„Ja, tschüss", sagt Jette mit megawackeliger Tränenstimme.
„Komm mal her." Mami breitet ihre Arme aus und Jette lässt sich schniefend hineinfallen. Es scheint ihr egal zu sein, dass Lukas danebensteht und sich die Augen aus dem Kopf glotzt. „Ich wünsche dir einen ganz tollen Start auf Sylt", sagt Mami, „und hoffentlich kommst du uns bald besuchen."
Jette nickt, sie lässt sich von ihrem Exlehrer drücken, von Lena und ganz am Ende – jetzt kriege ich echt Stielaugen – auch von meinem Bruder. Lukas, der außer seiner Freundin Christi wohl noch nie ein Mädchen im Arm hatte, klopft dabei total unbeholfen auf ihrer Schulter herum.
„Mia, kommst du noch mit raus?", fragt Jette, nachdem das Geklopfe und Gedrücke ein Ende hat.
Na klar, was glaubt sie denn? Schließlich ist dies einer der denkwürdigsten Augenblicke in meinem bisherigen Leben.
Wenig später stehen wir vier Freundinnen auf der Straße (ich ohne Schuhe, die habe ich in der Eile vergessen) und dann fließen doch noch richtig die Tränen.
„Tschüss, Leonie", krächzt Jette. „Tschüss, Alina. Tschüss, Miss Butterfly. Bitte, bitte vergesst mich nicht."
Wir schütteln alle drei die Köpfe und dann geht Jette. Ganz langsam und ohne sich nach uns umzudrehen.

„Tschüss, Jette“, hauche ich, während sie kleiner und kleiner wird und schließlich ameisenwinzig um die Ecke biegt.
Weg ist sie.
Es fühlt sich an, als würde mir jemand das Herz rausreißen.

# Das Jette-Virus

*Liebes Tagebuch,*

*Jette ist …*

*Äh, wart mal, liebes Tagebuch, ich muss kurz …*

*So, da bin ich wieder. Musste mal kurz heulen. Also noch mal von vorne: JETTE IST WEG. Und das ist noch furchtbarer, als ich es mir vorgestellt habe. Vorhin war ich total wischiwaschi im Kopf und konnte es kaum glauben. Dann wurde mir plötzlich bewusst, dass sie tatsächlich nicht mehr da ist und hätte fast vor Wut meinen Snoopy-Wecker gegen die Wand geknallt. Dabei waren Mami und Papi total lieb zu mir. Wir haben gegrillt und Leonie, Alina und Christi durften auch kommen, aber irgendwie waren wir alle megatrauriger Stimmung. Und das, obwohl …*

*1. ein laues Lüftchen wehte*

*2. es neben Fleisch leckere Grillkartoffeln, Gemüsepäckchen und Maiskolben gab*

*3. Mami einen Johannisbeerkuchen mit Streuseln gebacken hatte*

*4. Christi erzählt hat, dass sie und ihre Mutter eine Woche nach Mallorca fliegen. Ihre Oma in Tönnhausen hat den Urlaub spendiert (Das ist einfach nur juchhu! Christi ist nämlich noch nie richtig verreist.)*
*5. Omi und Diego dazukamen (Diego hat ein Cowboylied auf der Mundharmonika gespielt und Omi hat ziemlich falsch dazu gesungen … äh … tiriliert. Christi hat dann zum Glück die letzte Strophe übernommen und damit alles wieder rausgerissen.)*
*6. Jette uns alle naslang Nachrichten geschickt hat (So war sie wenigstens ein bisschen bei uns.)*
*Nur mein fleischfressender Bruder hat mal wieder bewiesen, was für ein verwursteter Hirni er doch manchmal ist. Er wollte allen Ernstes wissen, ob Jette schon eine neue beste Freundin auf Sylt hat. Wie gemein ist das denn?! Wahrscheinlich hat er das sowieso nur gesagt, um mir wehzutun. Zum Glück hat Christi ihn daraufhin richtig doll auf den Arm geboxt. Hoffentlich bekommt er an der Stelle einen blauen Fleck.*

An Tag drei meiner neuen Jette-losen Zeitrechnung ist der Himmel tintenblau, die Sonne scheint, als wollte sie einen neuen Rekord aufstellen, aber ich fühle ich mich immer noch mies. Mieser als mies. Richtig KODDERMIES! Dabei meinte Omi, dass es

nur eine Frage der Zeit sei, bis mein Freundinnenkummer nachlässt.
Den Vormittag vertrödele ich bei weit geöffnetem Fenster in meinem Zimmer. Ich schreibe Tagebuch, entstaube meine Schmetterlingssammlung, gucke mir sehnsüchtig Jettes Selfies auf meinem Handy an und tausche schnieftodtraurige Nachrichten mit ihr aus.
Für den Nachmittag habe ich mich mit Alina und Leonie im Schwimmbad verabredet. Es hilft ja nichts, es sind Ferien, da kann man nicht immer nur zu Hause hocken und vor sich hin leiden. Bestimmt wird sich das Happy-Holiday-Feeling schon einstellen, wenn wir erst auf unseren Handtüchern liegen, uns die Sonne auf den Pelz brennen lassen, mit den Zehen wackeln und quatschen.
Doch das Gegenteil ist der Fall. Alina ist wegen der Hitze ein bisschen schwummerig und muss in den Schatten. Kaum sind wir unter die große Birke umgezogen, wird Alina kalt und sie wirft sich ihr T-Shirt über.
„Alles mit deinem Blutzucker okay?“, frage ich, als sie auch noch Beinezucken bekommt. Alina hat Diabetes und muss immer höllisch aufpassen, dass ihr Blutzuckerspiegel im Lot bleibt.
„Ja, alles okay.“ Sie dreht sich auf den Bauch und brummt: „Es ist nur ... ich vermisse Jette so.“
„Ich auch“, sage ich und schicke einen abgrundtiefen Seufzer hinterher.

„Und ich erst“, murmelt Leonie, was mich fast ein bisschen wundert, weil sie und Jette sich doch so oft gekabbelt haben.
„Wisst ihr noch, wie sie ihre Haare in der Sonne getrocknet hat, damit sie noch blonder als blond werden?“ Alina kommt wieder hoch und setzt sich in den Schneidersitz.
„Und wie sie nach tollen Jungs Ausschau gehalten hat?“, sagt ausgerechnet Leonie mit einem verschmitzten Grinsen im Gesicht.
„Und wie sie Lakritzschnecken an uns alle verteilt hat?“ Alina betrachtet versonnen ihre hellrosa lackierten Zehennägel.
So plappern wir immer weiter. Wie Jette dies getan und jenes von sich gegeben hat. Ich fasse es nicht! Das Jette-Virus scheint uns alle ganz schön erwischt zu haben.
„Das haut so nicht hin“, sage ich, nachdem ich mir die Jette-Erinnerungsmomente eine ganze Weile angehört habe.
„Wie meinst du das?“, fragt Leonie.
„Dass wir nur noch an Jette denken. Wir müssen langsam mal wieder in der Wirklichkeit ankommen.“
„Und das sagst gerade du?“ Alina guckt mich wie ein erschrockenes Eichhörnchen an.
„Ja! Weil wir sonst nie wieder glücklich werden.“
„Aber du schreibst dir doch ständig Nachrichten mit Jette. Und guckst dir andauernd ihre Selfies an.“

Ich nicke und erkläre, dass ich ja auch weiter mit ihr befreundet sein möchte. Mindestens genauso eng wie vorher. Trotzdem wäre es für uns alle besser, wenn wir uns statt vierundzwanzig Stunden am Tag bloß eine Stunde oder anderthalb mit ihr beschäftigen würden.

„Und was sollen wir in den restlichen dreiundzwanzig Stunden machen?", will Alina wissen.

Ich lasse meinen Blick über die Liegewiese schweifen.

„Zum Beispiel mit denen da reden?"

Alina und Leonie folgen meinem Blick.

„Oh nee!", stöhnt Leonie und Alina bekommt prompt einen Kicheranfall.

Leo und sein Vater Herr König sind im Anmarsch. Beide in Badehose. Oh weh, es gibt kaum etwas Peinlicheres, als dem eigenen Mathelehrer zufällig zu begegnen, wenn der nichts als eine Badehose anhat. Ich schiele schräg an der Triefnase vorbei und sehe trotzdem den behaarten Gorilla-Oberkörper, die dünnen stacheligen Beine und vor allem die Riesenfüße, die in Badelatschen stecken. Und dann die Badehose! Sie ist irgendwas zwischen giftgrün und kreischgrün und mit lauter kleinen Haifischen bedruckt.

Nachdem ich mich von dem Schock erholt habe, fällt mein Blick auf Leo, der trotz seiner Riesenfüße neben der Triefnase wie ein echter Traumprinz aussieht. Was in erster Linie an der einfarbigen dunkelblauen Badehose und den grau-grünen Flipflops liegt.

„Na, das ist ja mal eine Überraschung!“, trötet die Triefnase. „Seid ihr denn gar nicht verreist?“
Tolle Frage. Sieht man das denn nicht?
„Nö“, murmelt Leonie und Alina und ich schütteln bloß die Köpfe.
„Wir auch nicht.“ Herr König legt seinen Arm um Leo. „Aber wir fahren noch, gell, Leo?“
Leo nickt.
„Wohin denn?“, erkundige ich mich. Nicht, dass es mich brennend interessiert, ich frage nur aus Höflichkeit.
„Zum Zelten nach Sylt. Leo möchte einen Surfkurs machen. Und meine Frau und ich freuen uns auch darauf. Die Luft soll dort ja besonders gut sein.“
„Ups.“
„Aha.“
„Ach so“, murmeln wir durcheinander und ich muss mich kolossal anstrengen, nicht stellvertretend für die abwesende Jette rot zu werden. Jette wird ausflippen, wenn ich ihr das schreibe! Ich wette mit mir selbst, dass sie auf der Stelle eine Liebesanwandlung kriegt. Zumal Leo ja anscheinend erst durch Jette auf die Idee gekommen ist, seinen Eltern Sylt vorzuschlagen.
„Ja, Leo ist eine echte Sportskanone.“ Die Triefnase lacht scheppernd. „Gell, Leo? Vielleicht laufen wir ja auch Jette über den Weg.“

Wir nicken und *Gell-Leo* bekommt prompt eine tomatenrote Birne.

Der Arme! Mir wäre es auch mega-giga-irre peinlich, wenn Papi (in Haifisch-Badehose) und ich (in meinem Normalo-Badeanzug) vor den Jungs aus unserer Klasse stehen würden, er mich *Gell-Mia* nennen und mit mir angeben würde.

„Ich geh mal schwimmen“, sagt Leo und flitzt los, als hätte er einen Silvesterböller in der Badehose.

„Schöne Ferien!“ Die Triefnase winkt uns zu und trabt hinter seinem Sohn zum Schwimmbecken.

Kaum ist Herr König außer Hörweite, bekommen wir alle drei einen mittelschweren Lachkrampf.

„Die giftgrüne Badehose!“, japse ich.

„Haifische!“, japst Alina hinterher.

Und Leonie meint kichernd, dass Herr König in so einem Modell garantiert die Wahl zum Mister Blöd gewinnen würde.

„Wollen wir auch ins Wasser?“, fragt Alina, kaum dass wir wieder zu Atem gekommen sind.

„Also, ich nicht“, sage ich. Wenn ich mit dem eigenen Mathelehrer im selben Schwimmbecken plansche, besteht die Gefahr, dass ich wieder einen Japsanfall bekomme und absaufe.

„Du, Leonie?“

„Nö.“

Sie rekelt sich gerade total genüsslich im Halbschatten.

„Auch gut", sagt Alina und kramt eine Schale Erdbeeren aus ihrer Badetasche, die ihre Mutter ihr mitgegeben hat. „Wollen wir Jette eigentlich sagen, dass Leo nach Sylt kommt?"
„Warum sollten wir es ihr denn verheimlichen?", entgegne ich und schnappe mir eine Erdbeere. Hm, sie schmeckt zuckrig-süß!
Alinas Schultern zucken auf und ab. „Weil ... keine Ahnung, vielleicht verliebt sie sich bloß noch mehr in ihn und wenn er abreist, wird es erst richtig schlimm für sie."
„Also, ich fände es gemein, es ihr nicht zu sagen", meint Leonie.
„Ich kann Jette sowieso nicht belügen", sage ich. „Oder ihr etwas nicht erzählen, was ich ihr eigentlich gerne erzählen würde. Außerdem würde ich mich sowieso verplappern."
Wir futtern die Erdbeeren auf, dann strecken wir uns wieder auf unseren Badetüchern aus – Alina im Schatten, Leonie im Halbschatten, ich bis zum Bauch im Schatten und mit den Beinen in der Sonne – und hängen unseren Gedanken nach. Ab und zu höre ich es neben mir grunzen, stöhnen und ächzen, so als wären dies die langweiligsten Ferien, die wir jemals erlebt haben. Dabei würden wir auch mit Jette nur auf dem Rasen gammeln, Schäfchenwolken zählen und über die Badehose unseres Mathelehrers lästern.

„Ich verstehe das nicht“, sagt Leonie, als hätte sie meine Gedanken erraten. „Sonst passiert doch auch nicht mehr, wenn wir im Schwimmbad sind.“
Alina zieht ihre Beine an und umschlingt sie mit ihren Armen. „Das ist wie bei einem Auto. Wenn ein Rad fehlt, geht gar nichts mehr.“
„Häh?“, macht Leonie. „Wir sind doch kein Auto!“
„Nö, aber ein Dreirad“, erkläre ich. „Wir müssen nur lernen, darauf zu fahren.“
Kaum ist der Satz ausgesprochen, fällt mir ein, was Jette jetzt garantiert geantwortet hätte. *Miss Butterfly, du bist immer so schlau und psychologisch!*
Ja, vielleicht bin ich das, nur habe ich diesmal leider überhaupt kein Patentrezept zur Hand, wie wir darüber hinwegkommen sollen, dass eine von uns fehlt. Und vielleicht, so denke ich, als sich eine Wolke vor die Sonne schiebt, hört dieses schlimme Gefühl ja auch nie wieder auf.

# Polnischer Käsekuchen

„Jette?“

„Miss Butterfly, bist du das?“

„Ja, ich! Hast du etwa schon vergessen, wie meine Stimme klingt?“

„Der Wind ist so laut!“, schreit Jette, als wäre ich taub. „Ich bin gerade am Strand.“

Tatsächlich höre ich es pfeifen, rascheln und zischen.

„Geht's dir gut?“, sage ich, wobei mir gleichzeitig klar ist, was für eine doofe Frage das ist. Am Strand kann es einem ja nur gut gehen.

„Mhm, geht so“, brummt sie. „Und dir?“

„Geht auch so.“ Das ist eine glatte Lüge. Es geht mir auch an Tag fünf meiner Jette-losen Zeitrechnung immer noch ziemlich schlecht. Um nicht zu sagen shitikowskimäßig mies.

*Krschpsschtkrschschsch*, macht es wieder an meinem Ohr, im nächsten Moment ist die Verbindung weg.

Mist! Jetzt habe ich Jette gar nicht mehr das fragen können, was mir schon seit zwei Tagen auf der Seele liegt. Warum sie nicht auf meine *Leo kommt auf die Insel*-Nachricht geantwortet hat, die ich noch gleich im Schwimmbad rausgeschickt habe. Sonst hat sie mir alle paar Sekunden Sehnsuchtsvolles, Belangloses und Albernes geschrieben. Manchmal sogar nachts! Und so verknallt, wie sie noch vor ein paar Tagen in Leo war, muss das doch die Hammernachricht für sie gewesen sein.

Traurig stehe ich auf und tapse noch im Nachthemd in die Küche, wo Mami und Lena bereits beim Frühstück sitzen. Der Rest der Familie scheint noch in den Betten vor sich hin zu dämmern.

„Gibt's heiße Schokolade?", frage ich. Das Außenthermometer zeigt zwar schon jetzt fünfundzwanzig Grad an, aber eine Mami-Schokolade tröstet mich immer.

„Was ist denn los, mein Schatz?"

„Mia hat ihre Tage", trötet meine kleine Schwester.

„Was? Wirklich?" Mami lässt ihr Brötchen sinken. „Seit wann denn das? Und warum sagst du keinen Ton?"

„Weil ich meine Tage *nicht* habe." Ich funkele Lena an. Wie kann man nur so hirnig, schwesternkrötig und total verpeilt sein?

„Dann setz dich doch und frühstücke", sagt Mami. „Ich koche dir gerne eine Schokolade."

„Schläft Papi noch?", frage ich, während Mami sich an den Herd stellt.

„Er ist schon los – Diego helfen. Aber Lukas und Josefinchen schlafen noch.“

Das war klar. Kleine Babys und große nervige Brüder scheinen ein ähnliches Schlafverhalten zu haben. Die Nacht machen sie zum Tag und morgens pennen sie bis in die Puppen.

„Lena, magst du auch eine Schokolade?“

„Igitt, nee, es ist doch viel zu heiß! Ich will gleich mit Merle ins Schwimmbad. Darf ich?“

„Ja, natürlich. Aber sei bitte um eins wieder hier. Wir essen heute mit Omi.“

Lena springt auf und flutscht an mir vorbei.

„Hast du heute auch was Schönes vor?“, fragt Mami mich, als sie mir die dampfende Schokolade hinstellt. Ups, heiß! Ich puste hinein, dann zucke ich gleichgültig mit den Achseln. Nein, ich habe nicht Schönes vor. Und wahrscheinlich werde ich in diesem Leben auch nie wieder etwas Schönes vorhaben. Weil sich jeder Tag ohne Jette wie ihr steingraues Zimmer anfühlt: einfach nur trostlos.

„Mia, nun sag doch mal, was los ist.“

„Nichts“, brumme ich.

„Ich weiß, du vermisst Jette, aber …“

„Sie meldet sich kaum noch!“, platzt es aus mir heraus. Shitikowski. Eigentlich hatte ich das Mami gar nicht erzählen wollen. Einen ihrer Mega-schlau-Sprüche kann ich jetzt echt nicht gebrauchen.

Mami guckt mich mitleidig an, als sei ich ein struppiges, herrenloses Hündchen am Strand.
„Ach, Mia", sagt sie, „jetzt nimm es dir nicht so zu Herzen. Jette hat sicher jede Menge um die Ohren."
„Aber ja wohl nicht so viel, dass sie nicht mal eine popelige Nachricht schreiben kann, oder?"
Mami tätschelt meine Schmetterlingshaarspange am Hinterkopf.
„So ein Umzug bedeutet sehr viel Arbeit. Jette muss jetzt ihre ganzen Sachen in ihrem neuen Zimmer einräumen. Und wahrscheinlich will sie auch ein bisschen die neue Umgebung erkunden."
Ich sage nichts darauf und denke mir bloß meinen Teil. Ich hätte immer eine Minute für Jette. Am Strand (wo sie sich ja anscheinend ab und zu aufhält), auf dem Klo oder abends im Bett.
„Gib ihr ein bisschen Zeit, okay?"
„Vielleicht hat Lukas ja recht und sie hat schon eine neue beste Freundin", sage ich. Bäh, nicht mal die Schokolade schmeckt mir heute.
„Unsinn, Mia! Ihr seid so dicke miteinander, da musst du dir wirklich keine Sorgen machen, dass sie dich sofort vergisst."
„Aber sie wird neue Mädchen kennenlernen. Spätestens, wenn die Schule anfängt."
„Ja, sicher. Und sie wird sich auch mit dem einen oder anderen anfreunden. Das ist normal. Vielleicht lernst

du ja auch neue Freundinnen kennen. Ihr müsst euch den Freiraum lassen."
„Menno!" Genau diese Art Megaschlauspruch hab ich befürchtet. Als wäre Mami von einer Beratungsstelle für freundschaftskummergeplagte Mädchen.
„Schon verstanden, ich sag nichts mehr." Sie zwinkert mir zu. „Und jetzt freu dich mal, dass du Ferien hast. Sie gehen so schnell vorbei."
„Warum kann ich denn nicht zu Jette fahren?", übergehe ich Schlauspruch Nummer zwei.
„Ach, Mia! Wir haben doch schon so oft darüber gesprochen. Mir würde es auch nicht passen, mitten im Umzug Besuch von deinen Freundinnen ..."
Bevor Mami fortfahren kann, surrt mein Handy und Jettes Brillengesicht taucht auf meinem Display auf.
Jette! Endlich! Ich springe flummischnell auf und verziehe mich auf den Balkon. Hier herrscht um diese Uhrzeit zum Glück noch familienfreie Zone.
„Jette, wo hast du so lange gesteckt?", sage ich ohne Einleitung.
Mein Herz puckert vor Freude so galoppartig, dass mir Begrüßungsfloskeln wie *hallo* oder *hi* gerade nicht eingefallen sind.
„Wir fahren gleich los. Eine Leselampe für mich kaufen. Ich wollte dir nur schnell was sagen."
Oh, Mist, was kommt denn jetzt? Dass sie nicht mehr meine beste Freundin sein will? Weil sie ein mega-

giga-irres Mädchen mit einer tollen Muschelsammlung kennengelernt hat? Oder eine, die viel besser als ich Ballett tanzt? Oder …

„Ich vermisse dich, Miss Butterfly."

„Echt?" Ich krächze wie ein Krächzomat, der gleich seinen Geist aufgibt.

„Ja, echt. Menno, Mia, das weißt du doch. Ganz schrecklich sogar!"

Ein zentnerschwerer Brocken fällt mir vom Herzen. Es ist alles wie immer zwischen uns! Trotz der vielen Kilometer, die zwischen uns liegen.

„Ich hab Mama noch mal gefragt, ob du nicht herkommen kannst, aber sie meint …" Jette stockt.

„Was?", frage ich bange.

„Dass es besser ist, wenn ich am Anfange erst mal alleine hier bin", fährt sie fort. „Weil ich es sonst überhaupt nicht packe, mich hier einzuleben."

„So ein Quatsch", widerspreche ich. „Vielleicht lebst du dich viel besser ein, wenn ich da bin und dir dabei helfe."

„Du bist so süß, Miss Butterfly." Jette seufzt, stöhnt und grunzt an meinem Ohr. „Mama ist echt stur wie ein Esel! Weißt du, was sie noch gemeint hat? Dass ich dir nicht ständig schreiben soll."

Auweia, das hätte ich nicht von Frau Joost erwartet.

„Hast du deswegen nicht gleich geantwortet?"

„Ja, aber ich hab gemerkt, dass es einfach nur blöd ist.

Jedenfalls geht es mir kein bisschen besser, wenn ich dir nicht schreibe."
Uff. Zum Glück. Mir geht es ja ganz genauso!
„Dann ist jetzt Schluss mit der Schreib-Diät?", frage ich.
„Schluss mit der Schreib-Diät", erklärt Jette. „Aber so was von!"
Wir reden noch kurz über Leo – Jette freut sich natürlich wie irre, dass er auf die Insel kommt –, dann lege ich erleichtert auf. Jette und ich sind immer noch allerbeste Freundinnen. Und ich bin mir sicher, dass nichts und niemand einen Keil zwischen uns treiben kann.

Weil es heute wieder so schön warm und wolkenlos ist, essen wir draußen auf dem Balkon im Schutz der Markise zu Mittag. Es gibt griechischen Salat mit Schafskäse und zum Nachtisch polnischen Käsekuchen von Omi Olga. Seit sie an der Volkshochschule Polnisch lernt, ist sie total im Polen-Fieber. Manchmal spricht sie uns sogar auf Polnisch an, aber weil die Sprache wirklich schwer ist, verheddert sie sich oft bei den Wörtern und kichert dann wie Meike oder Irina aus meiner Klasse, wenn die im Unterricht einen Fehler machen.
„Ihr Lieben, ich hab eine Überraschung für euch",

tiriliert Omi, während Papi uns allen Salat auffüllt. Josefinchen bekommt wie immer Gemüsepamps, aber weil sie langsam begreift, dass es auch noch anderes leckeres Essen gibt, grapscht sie nach einer Olive in meinem Salat.
„Das ist noch nichts für dich“, sagt Mami und nimmt ihr die Olive wieder aus der Hand, woraufhin meine Mini-Schwester lautstark zu zetern anfängt. Typisch. Dabei würde sie das bittere Ding sowieso gleich wieder ausspucken.
„Du meinst den Käsekuchen?“, frage ich. Ich habe vorhin mitbekommen, wie sie ihn in den Kühlschrank gestellt hat.
„Den auch. Aber es gibt noch eine andere Überraschung.“
Sie deutet auf die Seestern-Brosche, die am Kragen ihres kreischbunten Blumenkleids prangt. „Ich weiß jetzt, was sie wert ist.“
„Viel?“ Meine kleine Schwester kriegt augenblicklich ihren raffgierigen *Ich will alle Gummibärchen alleine auffuttern*-Blick.
Omi Olga nickt. „Die Brosche ist eine echte Rarität. Ihr werdet staunen.“
„Eine Million Euro?“, fragt Lena.
„Lena“, sagt Mami tadelnd, doch Omi Olga lacht schallend auf.
„Nein, mein Herzchen, so viel nun auch wieder nicht.“

Papi beugt sich vor, um die Brosche genauer zu inspizieren. „Ich tippe mal auf zweihundert bis zweihundertfünfzig."
Omi schiebt sich einen Happen Weißbrot in den Mund, dann sagt sie, wobei ein paar Krümel aus ihrem Mund schießen: „Zweitausend! Ist das nicht unglaublich?"
„Zweitausend?", echoe ich.
„Boah, ey, zweitausend", ächzt Lukas und fängt an zu schielen.
„Das ist ja wirklich richtig viel!", meint Mami.
Nur Lena scheint das eher mickrig zu finden und zieht einen Flunsch.
Omi legt die Gabel am Tellerrand ab und verkündet mit feierlicher Stimme: „Da bin ich ganz eurer Meinung. Und da ein warmer Geldregen noch niemandem geschadet hat, habe ich beschlossen, die Summe unter meinen Enkeln aufzuteilen. Fünfhundert Euro für jeden."
„Boah!", raunt Lukas. „Cool!"
„Uihh!", piepst jetzt auch Lena. Nun ist ihr doch aufgegangen, dass fünfhundert Euro richtig viel Schotter ist.
„Giga-genial!", rufe ich und Josefinchen haut begeistert mit einem Klötzchen auf den Tisch.
„Und bist du dir wirklich sicher, dass du sie verkaufen willst?", frage ich zur Sicherheit nach. Die Brosche ist so wunderschön und steht ihr einfach toll.

Omi Olga nickt und lächelt ein bisschen zitronig.
„Omi, du musst aber nicht …“, sage ich, aber sie lässt mich nicht ausreden.
„Papperlapapp! Weißt du, wie oft du von fünfhundert Euro nach Sylt fahren und Jette besuchen kannst? Das willst du doch, oder?“
Natürlich will ich das! Nichts lieber als das! Am besten jetzt sofort! Aber ich möchte auch nicht, dass Omi es eines Tages bereut, die Brosche verkauft zu haben. Schließlich ist es eine so hübsche Erinnerung an ihre Freundin.
Später beim Kuchen (er ist wirklich lecker!) schlage ich Omi vor, den Erlös der Brosche wenigstens durch fünf zu teilen. Damit sie auch was davon abbekommt.
„Ach, mein Schmetterling“, sagt sie und schickt einen abgrundtiefen Seufzer hinterher. „Ich brauche kein Geld. Ich habe ja alles zum Leben.“
Das ist irgendwie so schön und schnieftodtraurig zugleich, dass ich Omi Olga ganz fest an mich drücke und ihr sage, dass sie nicht nur die beste Käsekuchenbäckerin, sondern vor allem die mega-giga-irrste Omi auf der ganzen Welt ist.

# Ein tricky Plan

Was in den nächsten sieben Jette-losen Tagen alles passiert:

TAG EINS

Christi und Sofia locken Alina, Leonie und mich auf den Flohmarkt. Das ist supersüß von ihnen und lenkt uns ein bisschen von unserem Freundinnenkummer ab. Später setzen wir uns auf eine Bank und schreiben uns mit Jette. Das heißt, ich tippe in mein Handy, lese den anderen ihre Nachrichten vor und zeige ihnen Jettes neueste Selfies. Jette findet die Wohnung auf Sylt superschick, superteuer, aber auch superklein. Immerhin ist ihr Zimmer unter dem Dach supertruper. Es gibt auf jeden Fall Platz für eine, zwei oder auch drei Gästematratzen. Und wenn man aus dem Fenster guckt, sieht sie ein Fitzelchen vom Meer. Das muss so schön sein!

TAG ZWEI

Damit Christi und Sofia sich nicht bloß als Ersatzfreundinnen fühlen, laden Alina, Leonie und ich die beiden von unserem Taschengeld zu einem Eis ein. So richtig, in eine Eisdiele. Wieder tauschen wir Neuigkeiten mit Jette aus. Sie schreibt, dass es in Westerland überall fischig müffelt und die Leute ständig *Moin, Moin!* sagen. Jette glaubt, dass alle Insulaner irgendwann mal in ihrem Leben einen Sonnenstich hatten und deswegen etwas ballaballa sind.

TAG DREI

Alina, Leonie und ich gehen ins Schwimmbad. Jette schreibt uns, dass sie heute in der Fußgängerzone ein paar fischpanadig braune Promis aus dem Fernsehen erspäht hat. Eine Fernsehansagerin und einen Schauspieler. Das fand sie aufregend. (Ist es das wirklich?)

TAG VIER

Mami lädt Lena und mich zu einem Einkaufsbummel in der Hamburger Innenstadt ein. Jede von uns bekommt einen Bikini. Juchhu! Mein alter blauer Badeanzug war schon total ausgeleiert und irgendwie auch zu eng. Lena sucht sich einen gelben Bikini mit babyhaften Rüschen aus, ich finde einen weißen mit ozeanblauen Schmetterlingen. Am liebsten möchte ich ihn das erste Mal am Strand auf Sylt anziehen, doch daraus wird ja leider nichts.

Später treffen wir zufällig Toni mit ihrer Mutter im Buchladen. Wir quatschen ein bisschen, dann tauschen wir Handynummern aus. Vielleicht unternehmen wir in den Ferien mal was zusammen. Obwohl Toni Jette gar nicht so oft gesehen hat, vermisst sie ihre Halbschwester plötzlich ganz schrecklich. Wer weiß, vielleicht haben wir sie ja mit dem Virus angesteckt.

TAG FÜNF

Trotz Affenhitze gehe ich zur Ballettstunde, bekomme aber a) einen Kreislaufkoller und b) eine Fast-Heulattacke. Okay, es ist nur ein Tränchen, was auch niemandem auffällt, aber Frau Georgi merkt, dass mit mir etwas nicht stimmt, und schickt mich zum Glück eher nach Hause.

TAG SECHS

Es ist immer noch brüllend heiß und wir treffen Toni im Schwimmbad. Ihre Mutter hat sie hergebracht, weil sie schon wieder etwas mit Herrn Joost zu besprechen hat (verdächtig, verdächtig). Toni trägt einen supersüßen gepunkteten Bikini, ich weihe meinen neuen Schmetterlings-Bikini ein. Wir bewundern uns gegenseitig und malen uns aus, wie wir unsere Badesachen am Strand von Sylt spazieren führen.

„Hach, das wäre ja so schön!“, seufze ich.

Toni richtet sich kerzengerade auf und sagt: „Wisst ihr, was? Wisst ihr, was? Wisst ihr, was?“

Ach, du dickes Ei! Sonst sagt Jette alles nur dreimal. Oder haben die beiden Schwestern die Macke von Herrn Joost geerbt?

„Nee, was denn?“, fragt Alina.

„Wir könnten ja … Also, falls ihr euch traut … Was

haltet ihr davon, wenn wir alle zusammen heimlich nach Sylt fahren?"
Während Leonie und Alina wie frisch gefangene Karpfen glotzen, sausen plötzlich Hummeln in meinem Magen umher. Heimlich nach Sylt fahren, heimlich nach Sylt fahren, heimlich nach Sylt fahren, rattert es in Dauerschleife durch meinen Kopf.
„Ihr sagt ja gar nichts. Findet ihr das schlimm?" Toni ist plötzlich ganz blass um die Nase. „Ich dachte nur ... Weil ich so blöd reagiert habe, als Jette das mit Sylt erzählt hat. Okay, dann vergesst es einfach wieder. Ist vielleicht eine Schnapsidee."
„Nein, gar nicht!", sagt Alina, nachdem die ersten Schrecksekunden vorbeigetuckert sind. „Ich find's mega!"
„Ich auch", nuschelt Leonie und endlich presse auch ich ein heiseres „Ja, mega!" hervor. Wobei das noch weitaus untertrieben ist. Die Aussicht, schon bald zu Jette zu fahren (wenn auch heimlich), ist einfach nur mega-giga-irre genial!
„Echt? Ihr traut euch?", hakt Toni nach.
„Klar!", echot Leonie, als wäre sie schon hundert Mal allein mit ihren Freundinnen verreist.
„Nur wir vier?", fragt Toni.
„Nur wir vier", sagen Alina, Leonie und ich wie aus einem Munde.
Wir klatschen uns ab, dann einigen wir uns auf den

nächsten Montag. Das ist nicht mehr lange hin, doch es bleibt uns immer noch genug Zeit, um die Reise in Ruhe zu organisieren.

TAG SIEBEN

Ich bekomme Muffensausen. Richtig fieses Muffensausen! Natürlich freue ich mich wie verrückt drauf, Jette endlich wiederzusehen und in meinem neuen Schmetterlings-Bikini an den Strand zu gehen, aber a) war ich noch nie alleine (also, ohne Begleitung von Erwachsenen) von zu Hause weg, b) weiß ich gar nicht, wie ich mich unbemerkt aus der Wohnung stehlen soll, und c) bin ich erst zwölf! Okay, Toni ist schon dreizehndreiviertel und sieht aus wie fünfzehn, nur nützt uns das auch nicht viel, wenn uns jemand anpöbelt, überfällt oder ausraubt.

„Mia, ist irgendwas?“, fragt Mami beim Mittagessen.

„Nee, wieso?“

„Du bist so … na ja, irgendwie schweigsam.“

Logisch bin ich das. Was soll ich Mami denn auch sagen? Dass ich vorhabe, übermorgen nach Sylt abzudüsen, und deswegen ein Wüstensturm in meinem Kopf tobt?

„Wegen Jette?“, fährt sie so total lieb fort, dass ich ein megaschlechtes Gewissen bekomme.

„Mhm“, piepse ich und bevor ich noch alles rausplappere oder losheule oder irgendwas anderes Bescheuertes tue, verziehe ich mich lieber in mein Zimmer.

Gerade will ich Toni schreiben, dass wir das Ganze doch besser abblasen sollen, als eine Sprachnachricht von Jette eintrudelt. Ich klicke sie an, schon höre ich ihre vertraute Stimme und wohlige Schauer rieseln mir über den Rücken.
„Miss Butterfly, ich bin's. Ich wollte nur sagen … Kannst du nicht doch irgendwie kommen? Ich hatte heute Nacht so einen komischen Traum. Und zwar, und zwar, und zwar …", sie stößt einen heiseren Kiekser aus, „du, Leonie und Alina … also, ihr wart hier! Und es war so mega-giga-irre schön mit euch und wir haben ein Lakritzschnecken-Wettessen veranstaltet und die Siegerin … das warst übrigens du, Miss Butterfly … durfte den süßen Eisverkäufer am Strand küssen." Weiter geht Jettes Geplapper, auch Tonis Name fällt, aber ich höre kaum noch hin. Weil mir plötzlich klar geworden ist, dass es nichts Wichtigeres auf der Welt gibt, als übermorgen zu Jette zu fahren. Omi hat schließlich auch gesagt, dass man jeden Tag leben soll, als wäre er der letzte. Und Frau Georgi meint, dass man alles tun soll, was einen für den Moment glücklich macht. Und für mich ist das eben der Besuch bei meiner besten Freundin.

# Hawojämandrinn

Es ist früh am Morgen, mein vollgestopfter Rucksack liegt unter der Bettdecke versteckt und ich lausche an der Zimmertür. Alles ist still. Das ist auch kein Wunder, denn Plappermat Lena hat bei Merle übernachtet, Lukas schläft um diese Uhrzeit noch tief und fest und Papi ist schon vor einer Stunde zu Diego aufgebrochen. Allerdings geistern noch Mami und Josefinchen durch die Wohnung.

Mami meinte gestern, sie würde auch ziemlich früh aus dem Haus gehen, um ihre alte Schulfreundin Melanie in Lüneburg zu besuchen, aber aus *ziemlich früh* ist inzwischen *mittelfrüh* oder *fast schon ein bisschen spät* geworden.

Mist, Mist, Mist! Wenn Mami sich nicht endlich auf den Weg macht, schaffe ich es nicht mehr rechtzeitig zum Zug und am Ende müssen Toni, Leonie und Alina alleine nach Sylt fahren.

Gestern Abend gab es noch das totale Nachrichten-Kuddelmuddel zwischen uns. Ich musste Alina (die genau wie ich plötzlich Bammel gekriegt hat) überzeugen, auf jeden Fall mitzukommen, Leonie versprechen, ihr das Geld für die Fahrt zu leihen (sie ist zurzeit arm wie eine Kirchenmaus) und am Ende x-mal mit allen dreien hin und her schreiben, um zu bekakeln, welchen Zug wir nehmen, wo wir die Gruppenkarte lösen und auf welchem Gleis der Zug abfährt.

Es raschelt auf dem Flur, ich höre Josefinchen brabbeln, kurz darauf pocht es leise und ich flutsche in voller Montur unter die Bettdecke.

„Mia?", tönt Mamis Stimme.

„Ja?", piepse ich schlaftrunken. Schon geht die Tür einen Spaltbreit auf und ich versuche möglichst verschnarcht aus der Wäsche zu gucken.

„Schläfst du noch, Mia?"

„Wonach sieht's denn aus?", krächze ich.

Mami lächelt. „Ich wollte dich nicht wecken. Wir sind dann weg. Frühstück steht auf dem Tisch."

Ich nicke knapp.

„Tschü-hüss."

„Tschü-hüss", murmele ich und versuche das schlechte Gewissen, das im Anflug ist, gleich wieder zu verscheuchen. Gestern haben wir abgemacht, dass wir unsere Eltern erst benachrichtigen, wenn wir auf der Insel sind. Nicht, dass irgendeine Mami oder irgendein Papi noch auf die Idee kommen, uns auf halber

Strecke zurückzupfeifen! Und auch Jette werden wir erst von unterwegs einweihen, damit sie sich nicht bei ihrer Mutter verplappert.

„Bis nachher, mein Schatz."

Darauf sage ich besser nichts, denn alles, was ich antworten könnte, wäre gelogen. Die Haustür klappt zu, weg sind die beiden. Zur Sicherheit warte ich noch einen Moment ab, dann springe ich aus dem Bett, schnappe mir den Rucksack und husche auf den Flur. In derselben Sekunde höre ich tapsende Schritte und Lukas torkelt schlaftrunken aus seinem Zimmer.

Ach, du dicker Schmetterling! Im Sekundenbruchteil gefrieren der karierte Rucksack und ich zu einem Eisblock.

„Morgen", sage ich, woraufhin Lukas gähnt, mich verwirrt anblickt, als könne er mich nicht einordnen, mit seinen Plinkerwimpern klimpert und ohne ein weiteres Wort im Bad verschwindet.

Hallo? Hat er mich vielleicht gar nicht gesehen? Oder geglaubt, ich wäre eine Erscheinung?

Bevor noch irgendetwas Doofes passieren kann, zum Beispiel, dass mein Bruder urplötzlich die Badezimmertür aufreißt und mich fragt, wo ich denn mit meinem Reiserucksack hinwill, husche ich eichhörnchenflink aus der Wohnung. Ohne Frühstück. Dabei knurrt mein Magen schon seit dem Aufwachen.

Gerade sitze ich im Bus, als mein Handy klingelt. „Mia, wo bleibst du denn?“, kräht Alina mir ins Ohr. „Leonie und ich sind schon am Bahnhof, aber wir kommen nicht mit dem Fahrkartenautomaten klar. Und Toni ist auch noch nicht da. Welche Karte sollen wir denn noch mal nehmen?“

„Die Kleingruppenkarte! Menno!“ Keine Ahnung, wieso die beiden das schon wieder vergessen haben. Wir haben doch alles genau besprochen. „Ich bin in zehn Minuten da!“

„Aber der Zug fährt schon in … äh … vierzehn Minuten!“

„Das schaffe ich locker“, sage ich, doch kaum habe ich aufgelegt, wird mir kodderschlecht. Der Altonaer Bahnhof ist riesig und ziemlich unübersichtlich. Was, wenn ich es nicht schaffe? Soll ich dann den nächsten Zug nehmen oder unverrichteter Dinge zurück nach Hause traben?

Der Bus juckelt weiter durch die Stadt. Wohnhäuser, Cafés, Fahrradfahrer und Fußgänger fliegen an mir vorbei. Alle paar Sekunden gucke ich aufs Handy – schon wieder eine Minute um und noch eine –, dann steuert der Bus endlich die Haltestelle am Altonaer Bahnhof an. Die Türen gehen schmatzend auf, ich springe raus, im Galopp geht es über den Bahnhofsvorplatz. Mein Rucksack donnert gegen meinen Rücken, ich rempele aus Versehen eine Frau mit Kinderwagen

an, japsend erreiche ich die Bahnhofshalle und flitze zu Gleis neun. Mein Blick fällt auf die Bahnhofsuhr: Ach, du dickes Ei! Mir bleiben gerade noch ein paar Sekunden bis zur Abfahrt.
„Mia, mach schnell!“, höre ich eine schrille Stimme, die ganz nach Alina klingt. Sie steht halb im Zug, halb auf dem Bahnsteig und wedelt wie wild mit den Armen.
Schon ertönt das Abfahrtssignal, Alina springt in den Waggon, streckt ihre Hand nach mir aus und zieht mich im letzten, wirklich allerletzten Moment in den Zug.
„Menno, Mia!“, kreischt sie.
„Menno, uff, äh!“, japse ich. Ehrlich, ich bin kurz vorm spontanen Herztod.
Die Tür geht zu, der Zug setzt sich langsam in Bewegung.
„Ich hatte solche Angst, dass du nicht mehr kommst und wir ohne dich fahren müssen.“
Keuchend erkläre ich, dass Mami so schrecklich getrödelt hat und mein Bruder in letzter Sekunde wie ein Gespenst auf dem Flur aufgetaucht ist.
„Egal. Hauptsache, du bist da!“
Sie schiebt mich in den Großraumwagen, wo Toni und Leonie wie Königinnen in einem Viererabteil thronen und schon dabei sind, den Reiseproviant auszupacken.

„Habt ihr auch was zu essen für mich?“, schnaufe ich wie kurz vorm Kollaps.
„Klar“, sagt Leonie und hält mir zwei Brotboxen hin, in denen neben vielen Schnittchen auch Kirschen, Tomaten und Aprikosen liegen.
„Boah, so viel?“, sage ich, während mir das Wasser im Mund zusammenläuft.
Leonie beißt verschmitzt grinsend in ein Käsebrot. „Ich hab Mama gesagt, dass wir den ganzen Tag im Schwimmbad bleiben und deswegen ganz viel Proviant brauchen.“
Ich fasse es nicht! Was für eine megaeinfache und megageniale Idee! Zu dumm, dass ich nicht selbst darauf gekommen bin.
„Und ihr?“, frage ich Alina und Toni.
Alina erzählt, dass ihre Mutter ziemlich früh aus dem Haus gegangen ist und dass sie selbst einfach so mit ihrer Tasche hinausspaziert ist. Und auch Toni musste sich keine Ausrede einfallen lassen, weil ihre Eltern schon bei der Arbeit waren. Anscheinend war nur ich so blöd und habe mich angezogen ins Bett gelegt.
Ausgehungert schnappe ich mir eine Stulle mit Frischkäse und futtere sie in Windeseile auf. Beim zweiten Brot frage ich: „Wer von euch hat denn jetzt die Fahrkarte?“
„Äh“, sagt Alina und hüstelt.

„Hm“, macht Leonie und fährt sich durch die straßenköterbeigen Haare, die sie heute offen trägt.
„Grrr“, knötert Toni und fängt hinter vorgehaltener Hand an zu kichern.
„Was ist denn los?“, frage ich. Ich kann es nicht leiden, wenn meine Freundinnen nur in Andeutungen sprechen und dazu auch noch komische Geräusche machen.
„Jetzt reg dich bitte nicht auf, Mia“, sagt Alina, „aber wir … äh … haben … äh … keine.“
„Wie, ihr habt keine?“
„Also, das war so“, fängt Toni an, dann erzählt sie unter einigen Glucksern, dass sie erst nicht den richtigen Fahrkartenautomaten finden konnten und als sie ihn schließlich entdeckt hatten, wollte er ihr Geld nicht fressen.
Leonie rempelt Toni an. „Schlucken, nicht fressen.“
„Ist doch schnurzpiepegal“, meint Alina.
„Das heißt, wir fahren jetzt schwarz, weil der Automat das Geld nicht fressen … äh … schlucken wollte?“
„Gott sei Dank!“, sagt Leonie. „Du hast es begriffen.“
„Und das findet ihr witzig?“
„Nö“, murmelt Alina, „aber was sollen wir denn sonst tun? Weinen?“
Ich fahre vom Sitz hoch, Krümel fallen zu Boden. „Nein, aber den Schaffner suchen und die Fahrkarte nachlösen!“
Toni zieht mich auf den Sitz zurück. „Lieber nicht.

Der will garantiert wissen, warum wir ganz alleine im Zug sitzen."

„Oder warum unsere Eltern nicht die Karte für uns gelöst haben, bevor sie uns in den Zug gesetzt haben", ergänzt Leonie. „Wär ziemlich blöd, wenn wir an der nächsten Station rausfliegen, oder?"

Da hat sie recht. Das wäre sogar mehr als blöd.

„Was schlagt ihr vor?", frage ich und wickele den Rest der Schnitte in ein Taschentuch. Mir ist der Appetit schlagartig vergangen.

„Der Schaffner ist ganz vorne eingestiegen", meint Alina. „Bis der hier auftaucht, haben wir jede Menge Zeit, uns was zu überlegen."

„Ganz toll", entgegne ich. „Und wenn uns nichts einfällt?"

„Vielleicht kommt er ja gar nicht vorbei", sagt Toni.

„Und falls doch, stellen wir uns eben doof", meint Leonie.

„Sich doof stellen kann aber richtig teuer werden", erkläre ich. Und wie ich meinen Pädagogen-Papi kenne, würde er garantiert mein Taschengeld kürzen.

„Wir fahren ja gar nicht richtig schwarz." Toni tätschelt beruhigend meine Hand. „Der Automat war kaputt. Leonie und Alina können das bezeugen."

Ich stöhne bloß, dann gucke ich aus dem Fenster und versuche auszublenden, dass dieses Abenteuer ziemlich übel ausgehen kann.

In Glückstadt steigt eine Familie mit zwei semmelblonden Mädchen zu, die mich an Jette erinnern.
Ich wühle in meinem Rucksack nach meinem Handy. „Wir müssen Jette langsam mal Bescheid sagen, dass wir kommen. Sonst stehen wir nachher wie Piksieben am Bahnhof." In derselben Sekunde fängt die Seitentasche an zu surren, ich zerre mein Smartphone raus und gucke aufs Display. „Mami!", flüstere ich den anderen zu, als könnte sie mich hören. „Mist, was soll ich denn jetzt machen?"
„Bloß nicht rangehen!", sagt Toni.
Mit zittrigen Händen stelle ich mein Handy aus. Ich verstehe die Welt nicht mehr! Eigentlich müsste Mami in diesem Moment mit ihrer Freundin Melanie, die sie so viele Jahre nicht gesehen hat, beim Frühstück sitzen und keinen Gedanken an mich verschwenden. Hoffentlich ist Josefinchen nichts zugestoßen! Oder Papi! Oder Omi! Der Gedanke lässt mir einfach keine Ruhe, aber Alina meint, Mami wollte mir bestimmt nur sagen, dass sie etwas später nach Hause kommt. Weil es mit ihrer Freundin gerade so supernett und supergemütlich ist.
„Mach dir keine Sorgen", meint auch Toni. „Alles wird gut."
Ich nicke tapfer, doch je länger der Zug durch die Landschaft braust, desto unwohler fühle ich mich. Weil so viele Lügen dranhängen. Und ich auch nicht vom Schaffner erwischt werden möchte.

„Kann jemand von euch mal Jette Bescheid geben?", frage ich. „Ich lasse mein Handy lieber aus."
„Okay, ich mach's", sagt Leonie. In Windeseile fliegen ihre Daumen über die Tastatur, dann ächzt sie: „Mist, kein Netz. Die Nachricht geht nicht raus."
Erst beim nächsten Halt – wir sind in Itzehoe – funktioniert es. Einen Wimpernschlag darauf bimmelt Leonies Handy und ich höre Jette gedämpft kreischen: „Ihr kommt? Ihr kommt? Ihr kommt echt?"
„Ja, wir kommen", sagt Leonie mit ihrer Hundeberuhigungsstimme, die sonst nur bei Wursti oder ihrem durchgedrehten Fellmantelhund zum Einsatz kommt.
Ich nehme Leonie das Handy aus der Hand. „Aber verrate deiner Mutter noch nichts", sage ich. „Ich will nicht, dass sie Mami anruft und die noch mit dem Auto hinterherkommt, um uns gleich wieder abzuholen."
Jette verspricht es, trötet mir „Miss Butterfly, ich freu mich so, ich freu mich so, ich freu mich so!" ins Ohr und schmatzt ein paar Küsschen hinterher.
„Ich freue mich auch", erwidere ich und fühle für einen Moment warme Glücksbäche durch mich hindurchrieseln. „Ich will unbedingt an den Strand! Und Muscheln sammeln! Und in meinem neuen Bikini baden! Und ganz viele Fischbrötchen essen."
„Das kannst du alles machen", sagt Jette. „Wann müsst ihr denn eigentlich wieder weg?"

„Äh, keine Ahnung.“ Ich wende mich den anderen zu. „Jette fragt, wann wir wieder wegmüssen?“

Shitikowski! Wir waren so mit dem Hinkommen beschäftigt, dass wir den Rest schlicht vergessen haben!

Leonie schnappt sich ihr Handy. „Das sehen wir dann, Jette. Kannst du uns kurz nach eins abholen?“ Ihr Kopf wackelt auf und ab. „Logisch steigen wir in Westerland aus, wo denn sonst? Bis später!“

Sie stellt ihr Handy aus und schiebt es sich wie einen Colt in den Gürtel.

„Meint ihr, wir können überhaupt alle bei Jette schlafen?“, fragt Toni.

Ich zucke mit den Achseln. In Hamburg war das nie ein Problem, aber ob Frau Joost so kurz nach dem Umzug Bettzeug und Matratzen für mehrere Leute hat, weiß ich natürlich auch nicht.

„Notfalls gehen wir in eine Jugendherberge“, schlägt Alina vor und angelt eine Aprikose aus Leonies Brotbox.

„Muss man da nicht Mitglied sein?“, fragt Leonie mit gerunzelter Stirn.

Gute Frage. Und selbst wenn nicht, kostet auch eine Jugendherberge Geld. Geld, das wir nicht haben. Und ich kann mir auch nicht vorstellen, dass Mami mir ihre Kreditkarte oder einen Haufen Geldscheine per Eilpost schickt.

Während die anderen schweigen und mampfen, schaue ich wieder nach draußen und versuche die schöne Sommerlandschaft zu genießen. Und würden sich die Sorgen nicht gerade zu einem riesigen Angsthaufen in mir auftürmen, wäre es eine richtig coole Bahnfahrt. Der Zug hält in vielen kleinen Ortschaften, immer mehr Reisende steigen zu und schließlich ist auch das Abteil neben uns belegt. Ausgerechnet mit ein paar älteren Jungs, die sich lautstark idiotische Witze erzählen und Bier in sich hineinkippen. Wir tun, als würden wir die Ekeltypen gar nicht bemerken, naschen ein paar von Leonies Kirschen und unterhalten uns über Dinge wie Kaugummisorten und Flechtfrisuren.

Plötzlich lehnt sich einer der Jungs weit in den Gang hinein und sagt: „Na, ihr Häschen. Wo fahrt ihr denn hin?“

Ich will gerade antworten, dass wir keine Häschen sind und dass sie das auch gar nichts angeht, als Toni mich zurückzieht und mir zuflüstert, dass man auf solche Typen besser überhaupt nicht reagiert.

„Macht ihr Ferien auf Sylt?“, fährt der Junge fort, während ein zweiter „Prost!“ ruft und ein dritter rülpst.

Wir starren mit Eismienen aus dem Fenster. Bis zum Horizont nichts als Wiesen. Grasende Kühe. Und Wolken, die sich am knallblauen Sommerhimmel zu monsterhaften Fantasietieren aufbauschen.

„Wollt ihr auch ein Bier?", tönt es aus dem Nebenabteil. „Oder eine rauchen?"
Eine Zigarettenschachtel fliegt durch die Luft und trifft mich am Kopf.
„Nein, wollen wir nicht!", blaffe ich, während ich vom Sitz hochfahre. „Und jetzt lasst uns in Ruhe!" Ich gebe Alina, Leonie und Toni ein Zeichen, dass wir besser abhauen.
Wir schnappen uns unsere Sachen, schon machen wir den Abflug. Nicht eine Sekunde will ich länger neben diesen fiesen Typen sitzen!
Wir poltern den Gang entlang, halten nach freien Plätzen Ausschau, doch überall sitzen Leute. Zwischen zwei Waggons bleiben wir stehen, um zu verschnaufen.
„Was machen wir denn jetzt?", fragt Leonie und knetet ihr Bauchröllchen. „Ich möchte echt nicht dem Schaffner in die Arme laufen."
Auweia. Ich hätte es beinahe vergessen. Wir sind ja immer noch so fahrkartenlos wie die Kühe auf den Weiden.
„Hier warten?", schlage ich vor.
Die anderen nicken. Es ist zwar nicht besonders toll, sich die Beine in den Bauch zu stehen, aber immer noch besser, als zu den angetrunkenen Typen zurückzukehren oder vom Schaffner geschnappt zu werden.
Während Toni immer wieder den Gang scannt, blättert

Alina in dem Sylt-Reiseführer, den sie ihrer Mutter aus dem Bücherregal gemopst hat.

„In fünfundzwanzig Meerwasserbecken präsentiert das Sylt-Aquarium sowohl die Unterwasserwelt des Nordatlantiks als auch die der Tropen“, liest sie laut vor, als Toni ihre himmelblauen Augen aufreißt und zischelt: „Der Schaffner!“

„Oh weh!“, jault Alina und krallt sich panisch an meinem Arm fest.

Meine Nerven flattern wie Fledermäuse in der Nacht und ein Orkan braust durch meinen Kopf.

Mist, Mist, Mist!

Da geht der Zug in die Bremsen – wir erreichen den Bahnhof von Heide – und plötzlich habe ich eine megageniale Idee.

„Los, aussteigen!“, rufe ich, schon öffne ich die Tür und springe, meinen Rucksack geschultert, auf den Bahnsteig. „Beeilt euch! Wir steigen vorne wieder ein.“

Im Flitztempo geht es über den Bahnsteig. Toni und Leonie, die nicht die sportlichsten Mädchen unter der Sonne sind, keuchen wie Dampfloks, Alina, die ein Fliegengewicht ist und auch noch Fußball spielt, überholt mich leichtfüßig, dann erreichen wir den ersten Waggon und schlüpfen hinein. Gerettet!

Jetzt bin auch ich am Keuchen und Ächzen und muss mich erst mal auf den Knien abstützen, um wieder zu Atem zu kommen.

„Mia, das war richtig tricky von dir.“ Toni klopft mir anerkennend auf die Schulter. „Ohne dich würden wir jetzt ganz schön alt aussehen.“
Ich will gerade sagen, dass wir uns besser nicht allzu sicher fühlen sollen, als Alina plötzlich kodderbleich wird und unheimliche Stammellaute von sich gibt.
„Ist dir schlecht?“, frage ich.
Sie schüttelt den Kopf.
„Bist du unterzuckert?“
Statt zu antworten, schnellt ihr Zeigefinger vor: „Er … er … er kommt zurück!“
„Wer?“, fragt Leonie begriffsstutzig, da reißt Toni die Klotür auf, vor der wir zufällig stehen, und japst: „Los! Schnell da rein.“
Wir schlüpfen ins Klo. Tür zu.
Der Toilettenraum ist ziemlich klein, ziemlich stickig und es stinkt wie in einer Klärgrube. Bäh, wie eklig ist das denn! Briefmarkendicht aneinandergequetscht stehen wir da und wagen kaum Luft zu holen.
„Ich glaub, ich fall in Ohnmacht!“, kiekst Alina an meinem Ohr.
„Psst!“, fahre ich sie an. „Oder willst du, dass wir auffliegen?“
Ihr Mund klappt zu.
Die Arme! Ich wollte ganz bestimmt nicht grob zu ihr sein, aber falls der Schaffner an der Tür vorbeikommt, soll er uns ja nicht hören.

Ein paar Sekunden verstreichen, vielleicht sind es auch Minuten, doch alles bleibt ruhig.
„Wie lange wollen wir denn noch hier drinbleiben?“, wispert Leonie.
„Keine Ahnung“, flüstere ich.
„Mädels, ich halt’s echt nicht mehr aus“, meint Toni leise, da klopft es plötzlich.
Wir wechseln panische Blicke; ich spüre, wie Alina ihren Finger in meine Hüfte bohrt.
„Hallo, ist da jemand drin?“, röhrt eine Männerstimme. Es klingt wie *Hawojämandrinn.*
„Mist, der Schaffner!“, zischt Leonie
„Mist, es ist aus!“, zischt Toni hinterher.
„Mist, wir sind geliefert“, piepst Alina.
Und bei mir hakt das Sprachzentrum gleich ganz aus.
Es klopft lauter. „Aufmachen! Ich weiß, dass da mehrere Personen drin sind.“
Wir rühren uns nicht vom Fleck, ziehen die Bäuche ein und halten die Luft an. Keine Ahnung, wie lange wir das hinbekommen, ohne in Ohnmacht zu fallen.
„Also gut, dann muss ich jetzt die Tür öffnen“, tönt die Männerstimme.
Toni sieht uns megazerknirscht an. „Ich schließe besser auf, okay?“
Alina, Leonie und ich nicken notgedrungen, Toni entriegelt die Tür und wir purzeln nacheinander auf den Gang, dem Schaffner direkt in die Arme.

„Hallihallo, wen haben wir denn da?“ Er guckt uns so neugierig an, als wären wir eine Zirkusattraktion.
Oh weh, jetzt wird es ernst.
„Hallihallo“, murmele ich und will mich an ihm vorbeiquetschen, doch breitbeinig wie ein Cowboy stellt er sich mir in den Weg.
„Kann es sein, dass ihr euch vor mir verstecken wolltet?“
„Nö“, sage ich mit meiner lieblichsten Kleinmädchenstimme.
„Nö?“
„Nö.“
Bevor noch mehr *Nös* zwischen uns hin- und herfliegen können, sagt der Schaffner: „Dann habe ich mir die vier Mädchen, die eben verdächtig schnell den Bahnsteig entlanggehuscht sind, wohl nur eingebildet.“ Er befühlt seine Stirn. „Seltsam. Ich hab aber gar kein Fieber.“
Während Toni, Alina und Leonie neutral wie Knäckebrote gucken, versuche ich, so ahnungslos wie möglich auszusehen.
„Zeigt mir doch bitte mal die Fahrkarten.“
„Äh, wir haben keine“, gesteht Alina mit gesenktem Kopf.
„Ihr habt keine?“
„Nö“, nuschele ich.
„Nee“, sagt Leonie und zieht ihre Knutschlippen in die Breite.

„Nö, nee, irgendwie nicht", brummt Toni hinterher.
„Verstehe." Der Schaffner trommelt auf das Kontrollgerät, das er bei sich trägt. „Ich habe mir schon gedacht, dass ihr vier blinde Passagiere seid."
„Nein, das sind wir nicht", widerspricht Toni und zückt ihr Portemonnaie. „Wir haben ja das Geld zum Nachlösen dabei. Es war nur so … Also, der Automat in Altona war kaputt. Er hat unser Geld nicht gefre… äh … geschluckt."
„So, so." Das Getrommel geht in eine zweite Runde.
Hilfe, er glaubt uns nicht! Er glaubt uns kein Wort!
„Das stimmt!", komme ich Toni zu Hilfe. „Sie können ja am Bahnhof anrufen und nachfragen."
„Ja, schon gut. Ich frage mich nur, warum euch eure Eltern ohne Fahrkarte losfahren lassen. Sind sie denn nicht mit zum Bahnhof gekommen?"
„Doch!", sagt Toni, während Alina gleichzeitig „Äh … nein", piepst.
„Also, was denn nun?"
„Meine Mutter wollte ja heute Morgen mitkommen", fährt Toni, ohne mit der Wimper zu zucken, fort. „Aber sie hatte ganz plötzlich einen Allergieanfall und musste zum Arzt."
„Und eure Eltern hatten auch Allergieanfälle und mussten zum Arzt?", fragt der Schaffner und guckt Alina, Leonie und mich an.
Wir schütteln die Köpfe, dann nuschele ich, dass

mein Vater zur Arbeit gegangen ist und meine Mutter bei meinem Bruder bleiben musste, weil der in der Nacht gespuckt hat. (Armer Lukas! Verzeih mir bitte!) Alina erzählt, ihre Mutter hat einen gebrochenen Fuß und Leonie lügt supertricky, ihr Stiefbruder Enzo hatte heute ein Punktspiel und ihre Eltern wollten ihn begleiten. Weil ja schon lange abgemacht war, dass Tonis und meine Mutter mit zum Bahnhof kommen.

Der Schaffner reibt sich nachdenklich das Kinn. „Und bis wohin fahrt ihr jetzt?"

„Westerland", sagen Toni und ich im Chor.

„Da holt uns unsere Freundin ab", ergänzt Alina.

„Ja, mit ihrer Mutter", platze ich heraus, weil das bestimmt glaubwürdiger klingt.

Der Schaffner stellt uns die Gruppenkarte aus, wir bezahlen, da sagt er, und seine Stimme dröhnt: „Fakt ist, ihr seid schwarzgefahren. Das kostet sechzig Euro pro Nase extra."

Oh no!, denke ich und werde gleich einen Zentimeter kleiner. Mami und Papi werden mir die Hölle heißmachen, wenn sie das erfahren!

„Aber so viel Geld haben wir gar nicht dabei!", sagt Alina.

„Wenn wir in Westerland ankommen, bleibt ihr bitte auf dem Bahnhof stehen", übergeht der Schaffner ihren Einwand. „Ich möchte ein paar Takte mit der

Mutter eurer Freundin reden. Es ist unverantwortlich, Kinder ohne ein gültiges Ticket loszuschicken."
„Äh ja", sage ich und verkneife es mir zu sagen, dass die Mutter, von der ich gerade gesprochen habe, in diesem Moment noch nicht mal weiß, dass wir anreisen.
Wieder trommelt der Schaffner auf das Gerät in seiner Hand, er guckt uns der Reihe nach streng an, dann zieht er zum Glück ab.
„So was Blödes!", ächzt Leonie mit zerknirschter Zwergpinschermiene.
„Wir müssen Jette anrufen!" Ich greife nach meinem Handy. „Vielleicht kann die ihre Mutter ja dazu bringen, mit zum Bahnhof zu kommen!"
Doch es ist wie verhext. Jette nimmt nicht ab. Es tutet und tutet, erst gefühlte Ewigkeiten später springt die Mailbox an. „Jette, wenn du das hörst, melde dich bitte!", schreie ich ins Handy. „Es ist wichtig! Hörst du? WICHTIG!"
„Wo steckt sie bloß?", will Toni von mir wissen, als könnte ich hellsehen.
Mein Handy piepst ein paar Mal hintereinander. Shitikowski, das ist Mami. Sie hat mir gleich drei SMS geschrieben!
In meinem Magen rumpelt und pumpelt es, als ich ihre erste SMS aufklicke. *Wo steckst du, Mia? Lukas hat mir erzählt, dass du heute früh mit deinem Reiserucksack weggegangen bist?* Die zweite lautet: *Mia,*

*melde dich!* Und die dritte klingt richtig stinkig: *Wo zum Teufel steckst du?*
Auweia. Mami hasst Ausdrücke wie *zum Teufel*. Es muss also richtig schlimm für sie sein, dass sie nicht weiß, wo ich abgeblieben bin. *Mache mit Alina, Leonie und Toni einen kleinen Ausflug,* schreibe ich mit megaschlechtem Gewissen. *Alles okay. Ich melde mich später!*
Ich drücke auf Senden – zum Glück habe ich gerade Empfang – und die SMS flutscht weg. Bloß einen Pulsschlag darauf klingelt mein Handy.
Mist, Mami! Wahrscheinlich hat sie die ganze Zeit wie ein Schießhund ihr Smartphone bewacht.
Weil ich nicht weiß, was ich tun soll, halte ich das bimmelnde Dingsbums wie einen stinkenden Tafelschwamm von mir ab.
„Geh ran", meint Toni. „Sie macht sich doch solche Sorgen."
„Hallo Mami", sage ich mit zuckrig-süßem Töchterchen-Stimmchen. So quietschig-süß bekommt das nicht mal Lena hin.
„Was soll das heißen, ein kleiner Ausflug?", faucht Mami ohne Einleitung in mein Ohr. „Ich bin hier schon halb verrückt vor lauter Sorge! Und dein Vater meint auch …"
Was mein Vater, also Papi, meint, bekomme ich nicht mehr mit, weil der Zug – uff, juchhu! – in ein Funkloch

rast. Und anscheinend auch nicht mehr wieder rauskommt. Die Verbindung ist gekappt. Das trifft sich ziemlich gut, denn jetzt weiß Mami a), dass ich nicht von Außerirdischen entführt worden bin, und b) muss ich mir nicht länger ihr Gemecker anhören.

Die verbleibende Fahrtzeit stehen wir wie die Wachsfiguren im Gang herum. Ich bibbere ein bisschen vor mich hin, weil ich Bammel habe, mein Handy könnte noch einmal klingeln, doch nichts passiert. Und plötzlich schleicht sich ein ziemlich fieser Gedanke an: Ob das alles – also, die Lügen, die betrunkenen Jugendlichen, das Schwarzfahren, das müffelnde Klo und der Stress mit Mami – die Jette-Sache überhaupt wert ist. Vielleicht hätten wir doch besser gewartet, bis Frau Joost und unsere Eltern uns die Reise erlaubt hätten. Zumindest hätten wir dann keinen mies gelaunten Schaffner und keine enttäuschte Mami am Hals.

Als der Zug wenig später in Klanxbüll abfährt, macht Leonie plötzlich einen Hüpfer und kreischt so laut los, dass es in meinem Ohr piept.

„Das Meer!“, trötet sie. „Guckt mal! Das Meer!“

Ich schaue nach draußen und fange glimmerig an zu grinsen. Gerade fährt der Zug durch eine mega-giga-irre Wasserlandschaft und da weiß ich: Ja, es ist die Sache wert. Wegen Sylt, wegen Jette und weil es in dieser Sekunde nichts Wichtigeres gibt, als einfach zu ihr zu fahren.

# Himmel-HIMMEL-blau

Wir sind da. Also, fast da. Der Zug hält erst in Morsum, dann in Keitum. Und als ich den blöden Schaffner beinahe schon vergessen habe, taucht er plötzlich wie ein Geist in Uniform hinter uns auf.

Mist. Wir sitzen immer noch ziemlich dick in der Tinte.

„Wie sieht denn eure Freundin aus?“, will er wissen und späht durch das Zugfenster. „Ist sie blond?“

„Äh, ja“, nuschele ich.

„Und trägt sie eine Brille?“

„Äh, ja“, nuschele ich lauter.

„Und ist ihre Mutter auch blond und hat hochgesteckte Haare?“

„Äh, ja?“, krähe ich verwirrt und luge an dem blauen Schaffnerrücken vorbei.

Tatsächlich! Da steht Frau Joost in einem blütenweißen Sommerkleid, neben ihr Jette in roten Shorts und einem weißen Top. Beide sind – ich fasse es nicht – fischstäbchenpanadig braun. Eine ferne Himmelsmacht muss Jettes Mutter hergebeamt haben!

Der Zug bremst ab, die Türen gehen auf.
„Mia!“, kreischt Jette.
„Jette!“, kreische ich.
„Jette!“, kreischen Alina, Toni und Leonie und dann gibt es das totale Begrüßungskuddelmuddel. Wir knutschen, knuffen und herzen uns, Jette redet ein paar wirre Sätze in Gedichtsprache und mir ist gerade ziemlich schnuppe, dass der fiese Schaffner sich etwas abseits mit Frau Joost unterhält. Sollten wir gleich eingesperrt werden, habe ich wenigstens noch mal Jette an mich gedrückt.
Nach dem ersten Glückstaumel erzähle ich ihr in Stichpunkten von der horrorartigen Zugfahrt.
„Hast du denn gar nicht mehr auf dein Handy geguckt?“, will ich wissen. „Ich hab dir doch alles aufs Band gequatscht.“
Jette fischt ihr Angeberhandy aus der Hosentasche. „Oh, wie blöd, der Akku ist leer.“ Sie zieht eine zerknirschte Zwergpinschermiene. „Hab wohl zu viele Selfies gemacht.“
Ich zeige mit dem Kinn auf ihre Mutter. „Hast du ihr gesagt, dass wir kommen?“
Jette schüttelt ihre beachblonde Glanzhaarmähne. „Ich wollte euch alleine abholen. Aber deine Mami hat bei uns angerufen und gemeint, dass ihr unterwegs nach Sylt seid.“
„Nee, ne?“, sage ich, als wäre ich nicht nur ein bisschen,

sondern ziemlich ballaballa. „Woher wusste sie das denn?“

„Wo hättet ihr denn sonst hinfahren sollen? Nach Timbuktu?“

Der Schaffner steigt wieder in den Zug und Frau Joost stöckelt auf uns zu. Ihre Gesichtszüge sind eingefroren. Auch ihre Hand fühlt sich megakalt an, als sie uns der Reihe nach begrüßt. Und das, obwohl uns ein warmer Wind um die Nase bläst.

„Da habt ihr euch ja ganz schön was erlaubt“, sagt sie und ihre Stimme klingt, als hätte sie eine Portion Schmirgelpapier gefrühstückt.

„Mama!“ Jette zupft an Frau Joosts Plusterfrisur.

„Nein, das muss ich jetzt mal loswerden. Es war nicht in Ordnung von euch, einfach auf eigene Faust loszufahren. Man hätte doch über alles reden können und sicher eine Lösung gefunden.“

„Das haben wir ja versucht“, entgegne ich mit Piepsstimmchen à la Alina.

„Ihr könnt von Glück reden, dass der Schaffner so nett war und noch mal ein Auge zugedrückt hat.“

„Müssen wir gleich wieder zurück?“, fragt Toni, die neben Jette und Frau Joost so bleich und durchscheinend wie ein Grottenolm aussieht.

Ein Minilächeln geht über Frau Joosts Gesicht. „Nein, natürlich nicht. Wir fahren erst mal nach Hause, ihr macht euch frisch und ich rufe Mias Mutter an.“

Auf dem Bahnhofsvorplatz stehen vier riesengroße quietschgrüne Skulpturen, die sich schief gegen den Wind stemmen. Ich würde mir die vier – eine Familie mit zwei Kindern – gerne genauer ansehen, doch im Stechschritt geht es zu Frau Joosts schickem neuen Flitzer, den sie eine Seitenstraße weiter geparkt hat.
„Passen wir da denn alle rein?“, will Leonie wissen.
Frau Joost entriegelt die Türen. „Leider nicht. Ich fahre zweimal.“
Als Erste dürfen Jette und ich einsteigen. Toni, Alina und Leonie müssen solange vor einer stinkigen Dönerbude warten.
„Ihr rührt euch nicht von der Stelle, okay? Ich bin gleich wieder da, ja?“ Frau Joosts Rock flattert hoch, als sie sich elegant in den Wagen schwingt.
Im Auto sitzen Jette und ich so dicht nebeneinander, dass sich unsere Schwitzearme und unsere kleinen Finger auf dem Sitz berühren. Jette redet in einer Tour, aber ich bin schweigsam wie eine Wüstenmaus. Seit ich angekommen bin, steckt mir ein eiskugeldicker Kloß im Hals. Weil ich a) so aufgeregt bin, hier zu sein, mich b) wie verrückt freue, Jette wiederzusehen, und c) Angst habe, dass Frau Joost uns doch noch heute in den Zug setzt. Sie war schon ziemlich sauer auf uns. Irgendwie kann ich das auch verstehen.
Die Fahrt bis zu Jettes neuer Wohnung dauert minikurz – ebenso gut hätten wir zu Fuß laufen können –,

und Frau Joost bremst vor einem reetgedeckten Haus mit Garten.
„Echt, hier wohnt ihr?“, frage ich, nachdem wir ausgestiegen sind und Frau Joost mit quietschenden Reifen wieder losgefahren ist.
„Ja, hier wohnen wir“, erwidert Jette tonlos.
„Aber das ist doch mega-giga-irre!“ Ich bin wirklich schwer beeindruckt. Das Haus ist richtig schnuckelig und in dem Garten blühen orangefarbene, pinke und gelbe Blumen.
„Ja, und mega-giga-irre einsam.“ Sie zieht die Nase hoch und schließt auf. „Erste Etage“, sagt sie mit Flüsterstimme. „Die Eigentümer wohnen unter uns. Deswegen müssen wir immer ganz still sein.“
Auf leisen Sohlen huschen wir die edle Granittreppe nach oben, Jette schließt auf, ich ziehe meine Turnschuhe aus und trete ein. Wow! In Frau Joosts neuer Wohnung ist alles arztkittelweiß. Das Parkett, die Schränke und Sideboards im Wohnzimmer, das kuschelige Sofa und die Küchenzeile. Nirgends ein Krümel, ein herumfliegendes Kleidungsstück oder eine vom Frühstück stehen gebliebene Tasse. Als wären wir nicht in einer Wohnung, sondern in einem edlen Möbelgeschäft.
„Und wo ist dein Zimmer?“, frage ich.
Jette deutet auf eine Wendeltreppe, die vom Flur abgeht.

Wir kraxeln nach oben, dann stehe ich in Jettes Reich und bin einfach nur baff. Die vorherrschende Farbe ist weder Rot noch Grau, sondern … BLAU! Der Kleiderschrank ist königsblau, der Schreibtisch türkisblau, das Bett blassblau mit einem kornblumenblauen Baldachin, außerdem gibt es einen farblich passenden Plastiksessel und meerblaue Kissen. Wieso hat sie mir nichts davon gesagt?

„Gefällt's dir?", fragt Jette.

Doofe Frage! Sie weiß doch ganz genau, dass Blau meine Lieblingsfarbe ist! So ein mega-giga-irres Zimmer gibt es garantiert kein zweites Mal auf der Welt.

„Komm." Sie nimmt mich an die Hand und zieht mich ans Fenster. „Was siehst du?"

„Den Himmel." Ich kichere. „Der passt echt gut zu deinem Zimmer."

„Wenn du dich auf die Zehenspitzen stellst und nach links guckst, kannst du auch ein Stück vom Meer sehen."

Tatsächlich! Da ist es! Und es leuchtet noch blauer als der Himmel.

„Jette, das ist der Wahnsinn!", tiriliere ich wie Omi Olga. Könnte ich hier mit meiner Familie und meinen Freundinnen leben, würde ich von morgens bis abends mit einem Glücksgrinsen im Gesicht herumlaufen.

„Mhm, der Wahnsinn." Jette lächelt, aber ich sehe, dass sie einen limettensauren Zug um den Mund hat.

„Und wo sind deine ganzen roten Sachen?“, frage ich, während ich durch ihr blaues Reich streife. Soweit ich mich erinnere, haben wir auch die roten Herzkissen und den aufblasbaren roten Plastiksessel eingepackt. Außerdem fehlen ihre ganzen Bücher, die Herzen-Poster, die sie in Hamburg an der Wand hatte, und jede Menge Krimskrams, der ihr rotes Reich so unverwechselbar gemacht hat.
„Teilweise bei meinem Vater im Keller, teilweise hier im Keller.“
„Aber wieso?“
„Weil ...“ Jette schleudert ihre Glanzhaare hin und her. „Es ging nicht.“
„Wie meinst du das?“
„Ich konnte mein Hamburger Leben nicht einfach hierher verpflanzen, verstehst du?“
„Nein, das verstehe ich nicht.“
„Das ganze rote Zeug ... Es hätte mich jeden Tag an zu Hause erinnert.“ Sie lässt sich auf ihr Bett fallen und strampelt mit den Beinen. „An euch, an die Osterstraße, ans Schwimmbad, ja sogar an Triefnases fleischfarbene Socken.“
Tränen treten ihr in die Augen, doch bevor sie noch losheulen kann, poltern Toni, Leonie und Alina die Treppe hinauf (von wegen, man muss hier still sein!) und platzen kichernd herein.
„Wow!“

„Mega!“
„Uhiih!“, rufen sie durcheinander, um dann unter noch viel mehr Gekreische alles genau zu inspizieren. Das Bett mit dem Baldachin, den flauschigen Teppich, den tollen Ausblick. Und dass Jette ihr eigenes kleines Bad hat, ist noch das Tüpfelchen auf dem i.
Es klopft und Jettes Mutter schaut herein.
„Habt ihr schon etwas zu Mittag gegessen?“
Häh? Ist Frau Joost etwa entfallen, dass wir stundenlang Zug gefahren sind und ein fieser Schaffner uns ins Gefängnis bringen wollte?
Wir schütteln die Köpfe.
„Ich habe gleich einen Termin, aber vielleicht wollt ihr in der Fußgängerzone ein Fischbrötchen essen und danach an den Strand gehen? Es ist gerade Badezeit.“
Jette hatte mir schon geschrieben, dass man an der Nordsee nur zu den Badezeiten (also bei Flut) und an den bewachten Stränden ins Wasser darf. Bei Ebbe zieht einen die Strömung zu weit aufs Meer hinaus. Und das ist richtig gefährlich.
„Au ja!“, juchzt Leonie und auch wir anderen finden, dass das eine echte *Au ja!*-Idee ist.
Frau Joost geht raus, kurz darauf kommt sie mit Handtüchern und Sonnencreme zurück und drückt Jette ein paar Scheine in die Hand. Oh Mann, das sah nach ziemlich viel Geld aus! Meine Familie könnte davon eine ganze Woche leben!

„Denk dran, dass deine Freundinnen die Kurtaxe bezahlen müssen, bevor ihr an den Strand geht“, sagt sie. „Und nehmt euch einen Strandkorb. Ich möchte nicht, dass ihr einen Sonnenbrand bekommt.“
Wir bedanken uns artig, dann frage ich Frau Joost mit Bibberstimme, ob sie schon mit meiner Mami telefoniert hat. Ich habe ziemlichen Horror, selbst zum Handy zu greifen.
„Du sollst dich nachher bei ihr melden. Sie ist einverstanden, wenn du heute Nacht hierbleibst.“
„Yippie!“, rufe ich und mache einen kleinen Hopser.
Frau Joost übergeht mein kleinkindhaftes Verhalten großzügig und fragt Toni, Alina und Leonie, ob sie inzwischen ihre Eltern informiert haben.
Die drei schütteln betreten die Köpfe.
„Dann holt das bitte schleunigst nach!“ Frau Joost guckt richtig streng. Mit fieser Falte zwischen den Augenbrauen und schmalen Lippen. „Ich muss doch wissen, ob ihr bei uns übernachten dürft.“
„Machen wir“, sagt Toni.
Hoffentlich muss keine von ihnen heute noch abreisen. Das wäre nach dem ganzen Tamtam mit der Hinfahrt einfach nur mega-giga-irre blöd.

In der Fußgängerzone duftet es nach Bratfisch, Sonnencreme und einer Überdosis Ferien. Es ist einfach nur supertruper, und wüsste ich nicht, dass ich bald wieder wegfahren muss, würde ich vor lauter Glück platzen. An einem Fisch-Imbiss schlingen wir wie ausgehungert die megaleckeren, aber auch megateuren Brötchen runter. Jette ist gerade losgezuckelt, um beim Bäcker schräg gegenüber Kuchen und etwas zu trinken für den Strand zu holen, als mein Handy plötzlich surrt.
PAPI, ups.
Hat Mami ihn jetzt vorgeschickt, weil sie mit ihrer schwer erziehbaren großen Tochter nicht mehr zurechtkommt? Ich weiß, ich hätte schon längst zu Hause anrufen sollen, aber der Hunger hat so gekniffen und gebissen.
„Papi, ich konnte nicht eher anrufen, weil …"
„Ja, ich weiß, Mia", unterbricht er mich, um mir erst mal eine Standpauke mit der Überschrift *Wieso hast du eigentlich überhaupt kein Vertrauen zu uns?* zu halten.
Ehrlich, ich verstehe gar nicht, was das mit Vertrauen zu tun haben soll! Schließlich habe ich meine Eltern x-fach gefragt, ob ich Jette besuchen darf, und beide haben x-fach gesagt, dass das im Moment nicht geht. Aus Gründen, die vielleicht ein Grottenolm oder Schwanzlurch verstanden hätte, ich jedoch nicht.

„Ist er sehr sauer?“, fragt Alina, nachdem ich aufgelegt habe.
„Geht so“, murmele ich.
Sie seufzt. „Okay, ich ruf dann auch mal meine Mutter an. Hoffentlich schimpft sie nicht.“
Während Leonie und Toni nun ebenfalls zum Handy greifen, zuckele ich zu Jette rüber, die, eine Tüte schwenkend, aus der Bäckerei tritt. Sie schleudert ihre Haare hin und her, schmatzt mir sabschige Igitt-igitt-Schmatzer auf die Wange und kiekst: „Weißt du, wie ich mich fühle, Miss Butterfly?“
„Als würden kleine Fischchen deine Füße kitzeln?“
„Ja, und Quallen sich an meine Waden andocken, supersüße Seesterne mich piksen und …“
„Muscheln mit dir Walzer tanzen?“
„Woher weißt du das?“ Jette sieht mich an, doch wegen der riesigen Sonnenbrille auf ihrer Nase kann ich ihre Augen nicht erkennen.
„Weil ich deine allerbeste Freundin bin, deswegen, du Hirni!“
„Selber Hirni.“ Sie knufft mich. „Hach, es wäre so schön, wenn du die ganzen Ferien hierbleiben könntest!“
„Ich weiß. Aber das werden meine Eltern und deine Mama nie erlauben. Und wir fahren ja auch noch an die Ostsee.“
„Vielleicht gehen zwei Wochen?“

Ich würde mich schon riesig über zwei Tage freuen, doch auch da bin ich mir nicht sicher, ob Mami und Papi mitspielen.
Alina, Leonie und Toni kommen winkend auf uns zu.
„Wir dürfen heute Nacht hierbleiben", verkündet Toni und lässt ihr gepunktetes Tuch im Wind flattern.
„Yippie!", kreischt Jette.
„Aber morgen müssen wir wieder zurück", meint Alina.
„Meine Mutter war ganz schön sauer."
„Meine auch", gesteht Leonie zerknirscht. „Wahrscheinlich kriege ich erst mal Fernsehverbot."
Nur Tonis Mutter hat den heimlichen Ausflug ziemlich locker genommen. Was vielleicht auch an der Mobbing-Sache liegt, unter der Toni so leidet. Da will sie ihrer Tochter bestimmt nicht das bisschen Spaß nehmen.
„Ihr bleibt wirklich nur eine Nacht?" Jette zieht ein enttäuschtes Gesicht.
„Jetzt freu dich doch, dass wir überhaupt hier sind", schlage ich vor.
„Allerdings", meint Leonie und hakt sich bei Jette unter.
Bevor noch ein Unwetter aufzieht, die Erde bebt oder Sylt gleich ganz vom Meer verschluckt wird, laufen wir im Strom der Menschen weiter Richtung Strand. Es wimmelt nur so von fischpanadig braunen Urlaubern. Sie sitzen in den Cafés, schlendern Eis essend

umher oder kaufen in den Geschäften fluffig leichte Sommerkleider, Bikinis, Flipflops und andere Sachen für den Strand.
Bald erschnuppere ich schon die salzige Seeluft, ich höre die Möwen kreischen und dann sehe ich es: das Meer! Es ist blauer als das Cyanblau in meinem Tuschkasten, weiter als der Weltraum und es gurgelt und schäumt, als wollte es uns *Hallo, da seid ihr ja!* zurufen.
„Hallo, Meer!", rufe ich und komme mir kein bisschen ballaballa dabei vor.
Jette bezahlt die Kurtaxe für uns vier, steckt das Restgeld weg und ruft: „Los, Mädels! Wer zuerst am Wasser ist!"
In Windeseile ziehen wir unsere Schuhe aus und rennen los.
„Juchhu!"
„Yippie!"
„Yeah!", kreischen wir durcheinander, während wir durch den sonnenwarmen, streichelzarten Sand flitzen. Eine Glückswelle, so hoch und wild wie die Brandung bei Sturm, rauscht durch mich hindurch. Es ist schöner hier, als ich es mir jemals hätte vorstellen können! Der breite Strand … Die wie hingetupften weißen Strandkörbe mit dem blau-weißen Markisenmuster … Der Wind, der unsere Haare durcheinanderwirbelt und die Wolken am Himmel zerfetzt …

„Wer kommt mit ins Wasser?“ Ich kann es gar nicht abwarten, mich in die Wellen zu werfen, um mit den Quallen, Muscheln und Fischen um die Wette zu schwimmen.
„Ich!“, piepst Alina.
„Ich auch!“, ruft Jette hinterher.
„Ich sowieso!“, quietscht Toni.
Ich schleudere meinen Rucksack in den Sand und zerre mir das T-Shirt über den Kopf. Den Schmetterlings-Bikini habe ich schon heute Morgen druntergezogen. Auch die anderen stehen ein paar Sekunden darauf in ihren Badesachen da. Egal, dass wir uns eigentlich einen Strandkorb nehmen sollten.
„Na los!“, brülle ich gegen den Wind und spurte los.
Jette, Toni und Alina sind fast genauso eichhörnchenschnell wie ich, nur Leonie trödelt erst herum und bleibt am Ende gleich ganz auf ihrem Handtuch hocken. Vielleicht will sie aber auch nur auf unsere Sachen aufpassen.
„Ihh, ist das kalt!“, kreischt Alina, die mich im Rennen überholt hat und schon bis zur Hüfte ins Wasser gewatet ist.
Toni, Jette und ich lassen es etwas langsamer angehen – Alina hat recht, die Nordsee ist selbst im Sommer nicht besonders warm. Erst nach ein paar Bibbersekunden werfe ich mich wagemutig gegen eine Welle und tauche unter. Sand wirbelt auf, das sehe

ich, weil ich aus Versehen die Augen offen gelassen habe. Schon komme ich wieder hoch.
„Miss Butterfly, warte auf mich!“, ruft Jette mir zu. Sie hat es immer noch nicht geschafft, sich nass zu machen.
In wenigen Schwimmzügen bin ich bei ihr und bespritze sie mit Wasser.
„Du bist fies!“, kreischt sie.
„Und du ein Weichei!“, rufe ich, während sich Toni von hinten nähert und Jette unter Wasser drückt. Japsend kommt sie wieder hoch. Ihre Haare sind nass und ihre Brille hängt auf halb acht.
Wir lachen, albern herum, spielen Walross und Schlachtschiff und jede Sekunde fühlt sich so prickelig leicht und schön an, dass ich vor lauter Glücklichsein am liebsten heulen würde.
Als wir eine gefühlte Ewigkeit später aus dem Wasser kommen und uns tropfnass auf unsere Handtücher fallen lassen, sitzt Leonie immer noch mit angezogenen Beinen da und starrt wie ein schockgefrostetes Fischstäbchen aufs Meer.
„Wolltest du nicht baden?“, frage ich.
„Nö.“
„Warum denn nicht?“
„Ich glaub, ich glaub, ich glaub“, japst sie, so wie Jette das sonst immer tut.
„Was glaubst du?“, hakt Jette nach.

Leonie knautscht ihre Knutschlippen, dann presst sie hervor: „Dass ich das habe, was du auch schon hast."
„Was hab ich denn?" Jette legt ihre Stirn in Falten. „Ein blaues Reich auf Sylt?"
Leonie schüttelt den Kopf.
„Meine P Punkt."
„Wie?"
„Häh?"
„Deine was?", fragen wir alle durcheinander.
Nur Toni verzieht keine Miene, als sie fragt: „Hast du deine P wie Periode bekommen?"
Leonie ist ziemlich mehlwurmbleich, als sie langsam nickt.
„Aber das ist doch nicht schlimm", meint Toni.
„Doch, das ist schlimm. Sehr schlimm sogar. Ich will keine Frau werden!"
„Aber das werden wir alle", entgegnet sie Toni. „Also, früher oder später jedenfalls."
„Ich dachte, dass das bei mir erst später passiert", nuschelt Leonie.
Ups, auweia. Auch ich habe nicht damit gerechnet, dass ausgerechnet Leonie als Nächste von uns vieren damit dran ist. Eher hätte ich auf Alina, vielleicht sogar auch auf mich getippt.
„Hast du was dabei?", will Toni wissen.
„Wie, was dabei?"
„Na, Tampons! Oder Binden!"

Ich muss kichern. Natürlich hat Leonie so etwas nicht dabei. Ich schleppe ja auch nicht Tag für Tag so ein Zeug mit mir herum, nur weil aus mir früher oder später eine Frau wird. So wie Omi Olga ja auch keinen Ersatzzahn dabeihat, falls ihr mal eines Tages einer rausfallen sollte.
Toni kramt in ihrer Tasche. „Aber ich hab was mit. Komm, Leonie."
Leonie wickelt sich ihr T-Shirt um die Hüften und watschelt hinter Toni her.
„Die Arme!", seufzt Alina. „Jetzt will sie bestimmt nicht ins Wasser."
„Sie wird's überleben", meint Jette und reißt das Kuchenpaket auf. „Mögt ihr?"
Alina und ich langen zu, Jette pickt bloß ein paar Krümel von einem Kuchenstück, dann streckt sie sich im Sand aus und wälzt sich auf den Bauch.
„Willst du nicht auch was essen?", frage ich und kitzele ihren Rücken.
Jette stemmt sich wieder hoch – nun sieht sie aus wie paniert – und schüttelt den Kopf.
„Warum denn nicht?" Ich mustere sie forschend.
Irgendwas ist mit ihr los!
Sonst hat sie immer Appetit auf Kuchen.
Jette nimmt die Sonnenbrille ab und guckt mich aus schnieftodtraurigen Augen an. „Jetzt ist alles so super mit euch, so richtig schön. Nur bald seid ihr wieder

weg und dann ist es bloß noch schrecklich, hier zu sein!"

„Ach, Jette! Kannst du das nicht mal für ein paar Minuten vergessen?"

Sie zuckt mit den Achseln, entwirrt ihre Haare mit den Fingern, einen Minimoment darauf nimmt sie sich doch ein Stück Kuchen und beißt hinein. „Klar ist es schön hier", sagt sie und ein paar Krümel fliegen ihr aus dem Mund. „Richtig schön sogar. Aber ich will hier nicht leben. Wisst ihr, was ich meine?"

Wir nicken.

„Mama versteht das nicht, aber es fühlt sich an ...", sie holt tief Luft, „als hätte mir jemand das Herz rausgerissen."

Mir auch, denke ich, spreche es jedoch nicht aus, weil wir bestimmt beide losheulen würden. Und das will ich nicht. Nicht an diesem mega-giga-irren Tag am Meer.

Wir schweigen eine Weile. Jette nagt die Krümel von ihrem Kuchenstück, Alina malt mit dem Finger ein Herz in den Sand, ich starre nur so vor mich hin. In der Ferne hüpfen Toni und Leonie die Steintreppe hinab zum Strand.

„Und wenn du doch zu deinem Vater ziehst?", frage ich.

Jette guckt mich verwirrt an, dann fliegen ihre eingesandeten Haare wieder hin und her. „Du kennst doch meinen Papa. An manchen Tagen weiß er nicht mal, dass er eine Tochter hat. Und dass ich ein Wesen bin, das essen, trinken, schlafen und zur Schule gehen muss.“

Da hat sie leider recht. Herr Joost ist wirklich immer ein bisschen seltsam.

„Alles klar?“, rufe ich Leonie zu, die mit Grinsegesicht auf uns zustapft.

Die nickt, murmelt etwas, das wie *Onihamirtampongehm* klingt.

„Wie?“, hake ich nach, und weil Leonie die Sache anscheinend megapeinlich ist, übersetzt Toni für uns im Flüsterton:

„Toni hat mir einen Tampon gegeben.“

„Pscht!“, macht Leonie und bekommt rote Ohren, also zupfe ich bloß an ihren straßenköterbeigen Haaren, als sie sich zu uns in den Sand setzt. Wie gut, dass wir Toni dabeihaben und die in solchen Sachen schon so viel mehr Erfahrung hat.

Dann probieren auch Leonie und Toni, die von der Tampon-Aktion wie ausgehungert sind, den Kuchen. Später baden wir unsere Füße in den auslaufenden Wellen, sammeln Muscheln und Steine, lassen den feinen Sand durch unsere Finger rieseln, lachen und lästern und versuchen so zu tun, als würde dieser schöne Tag niemals zu Ende gehen.

# Der kleine Leo-Plan

*Liebes Tagebuch,*

*wir sind schon im Bett: Toni, Leonie, Alina und ich liegen eng aneinandergequetscht auf zwei Matratzen, die Frau Joost von ihrem Vermieter organisiert hat. Die Gedanken wirbeln in mir durcheinander. Ein richtiger Sturm braust in meinem Kopf! Weil der Tag am Strand einer der schönsten seit Langem war. Auch wenn wir zwischendurch immer wieder ganz schlimme Traurigkeitsanfälle bekommen haben. (Natürlich wegen Jette. Aber auch wegen Toni und der Mobbing-Sache, über die wir ziemlich lange gesprochen haben.)*
*1. Abends waren wir mit Frau Joost in einem piekfeinen Fischrestaurant mit Meerblick. Jede von uns hatte eine Knoblauchbutterpfanne mit Edelfischen und Baguette (hm, lecker!). Nur Frau Joost hat halb lebendige Austern geschlürft. Zum Nachtisch gab es Biskuitschnitten mit gezuckerter Kondensmilch und Kokoseis (hm, megalecker!). Am Ende hat Frau Joost fast zwei-*

*hundertfünfzig Euro für uns alle berappen müssen. Ich wäre vor Schreck fast tot umgefallen!*
*2. Nach dem Essen sind wir mit Frau Joost über die Strandpromenade flambiert … äh flaniert … und haben der Sonne beim Untergehen zugesehen. Das war so wunderWUNDERschön! Kurz nachdem der riesige Sonnenball im Meer versunken war, ist der Himmel in kreischorangeroten Farbtönen explodiert. Der Wahnsinn! Omi hätte bestimmt total gerne ein Kleid in dem Farbengemisch.*
*3. Als es fast schon dunkel war, sind wir durch die Fußgängerzone zurück nach Hause gelaufen. Überall saßen Menschen in den Straßencafés und für einen Moment hat es sich so angefühlt, als würde der Sommer und meine Zeit bei Jette ewig andauern.*
*4. Eben ist noch das totale Eltern-Wunder passiert. Und zwar, und zwar, und zwar … darf ich tatsächlich ganze drei Tage hierbleiben! Okay, drei Tage sind keine sechs Wochen und auch nicht für immer, aber ich finde, es ist trotzdem der Wahnsinn. Entweder soll ich allein mit dem Zug nach Hause fahren (mit Fahrkarte!) oder mit Herrn Joost im Auto, der eventuell für einen Tag auf die Insel kommt. Er übernachtet dann im Hotel und am Tag darauf werden wir gemeinsam zurückdüsen. Äh, das ist der einzige Minuspunkt an der Sache. Herr Joost und ich drei Stunden lang allein im Auto! Keine Ahnung, was ich*

*die ganze Zeit mit ihm reden soll. Er ist doch immer so fischstäbchenstumm.*
*5. Leonie hat sich anscheinend damit abgefunden, jetzt eine „Frau“ zu sein. (Jedenfalls hat sie deswegen nicht mehr gejammert.) Sie ist nur von Tampons auf Binden (von Jette) umgestiegen. Weil die einfacher zu benutzen sind. Oh weh, an so was mag ich noch gar nicht denken!*
*6. Toni will mit ihrer Mutter sprechen, damit sie sie vielleicht auf einer anderen Schule anmeldet. Ich würde ja nicht gerne die Schule wechseln, aber Hauptsache, Toni fühlt sich besser.*
*Good night, liebes Tagebuch. Bin hundemüde.*

Am nächsten Morgen frühstücken wir in der schneeweißen und krümellosen Wohnküche Brötchen mit Krabbensalat, edlen Käsesorten und Erdbeermarmelade aus einem Spezialgeschäft. Jetzt regnet es. Tropfen pladdern gegen das Fenster und ein fieser Wind pfeift ums Haus.
Auch wenn alles megalecker schmeckt, ist die Stimmung gedrückt. Weil Tonis, Alinas und Leonies Stunden auf der Insel ja gezählt sind. Dass ich noch hierbleiben darf, macht mich angesichts der traurigen Gesichter um mich herum auch nicht gerade glücklich.

Frau Joost fragt, ob wir wegen des Pieselregens ins Aquarium gehen möchten, doch keine von uns hat Lust dazu. Lieber dackeln wir ein letztes Mal an den Strand, gucken aufs tosende, graue Meer und halten unsere Nasen in den Wind.
„Hach“, seufzt Toni und lehnt sich an Jettes Schulter. „Ich würde auch so gerne noch bleiben!“
„Du kommst einfach wieder, versprochen?“
„Versprochen“, quietscht sie und lächelt Jette tapfer mit ihren 1-a-weißen Zähnen an. Anfangs war ich ein bisschen eifersüchtig auf Toni, mittlerweile finde ich es richtig schön, dass Jettes Kontakt zu ihrer Halbschwester immer inniger wird. Sie hat ja sonst keine Geschwister.
Auch Alina und Leonie grinsen ein eingefrästes Grinsen. Nur ich bin kurz davor, einen Schniefanfall zu kriegen.
„Mia, du freust dich jetzt gefälligst, dass du noch hierbleiben darfst!“, sagt Toni, als wir gute zwei Stunden später am Bahnhof von Westerland stehen. Frau Joost hat eine Gruppenkarte für Toni, Alina und Leonie gekauft und sie mit jeder Menge Proviant von A) wie Aprikosen bis Z) wie Zimtschnecken eingedeckt. Davon können die drei noch jede Menge angetrunkene Jugendliche und den gruseligen Schaffner mit durchfüttern.
„Ja, mach ich“, nuschele ich.

„Und du hast uns gegenüber auch kein schlechtes Gewissen, okay?“
Ich schüttele den Kopf. Obwohl das nicht ganz stimmt. Etwas ungerecht ist es schon.
„Und meldet euch, wenn ihr angekommen seid“, trägt Frau Joost den dreien auf, nachdem wir unser Abschiedskuddelmuddel (einschließlich sabschiger Igitt-igitt-Küsschen) hinter uns gebracht haben.
„Machen wir“, sagt Toni, während Alina und Leonie roboterhaft nicken.
Sie steigen ein, die Türen gehen zu, schon gleitet der Zug wie ein dicker Wurm aus dem Bahnhof.
Es ist ein bisschen traurig, die Freundinnen abfahren zu sehen, zum Glück aber nicht richtig schlimm. Denn als wir kurz darauf aus dem Bahnhof treten, kommt gerade die Sonne aus den Wolken hervor und Frau Joost lädt uns zu einer Spritztour über die Insel ein. Sie klappt das Verdeck ihres roten Wagens hinunter und los geht’s.
Wir fahren durch ein paar kleine Ortschaften mit schnuckeligen reetgedeckten Häusern, wir schmecken die salzige Luft, riechen die Wildrosen, die überall wie verrückt blühen, und auch wenn meine Gedanken hin und wieder zu Leonie, Alina und Toni wandern, bin ich ziemlich happy. Es ist wirklich toll, im offenen Flitzer durch die Dünenlandschaft zu sausen. Es sieht hier aus wie auf dem Mond!

Wenig später erreichen wir den Ort List, der am nördlichsten Zipfel der Insel liegt.
„Wollt ihr was essen?“, fragt Frau Joost.
Jette und ich gucken uns an und nicken. Seit ich hier bin, habe ich andauernd Hunger. Das muss an der gesunden Seeluft liegen.
Frau Joost schlägt vor, in ein schickes Restaurant zu gehen, aber Jette und ich möchten lieber umherstromern und holen uns ein Fischbrötchen auf die Hand. Es gibt so wahnsinnig viel zu begucken und zu bestaunen: den kleinen Sandstrand, wo wir unzählige Austernschalen finden, das bunte Treiben am Hafen, die Alte Tonnenhalle mit den vielen Läden und Ständen.
In einem Souvenirladen kaufe ich für Mami und Papi eine Packung Friesentee, für Omi eine Seife, die die Form von Sylt hat, für Lukas einen Matrosen mit einem Wackelkopf, für Lena ein rosafarbenes Sylt-Armband und für Josefinchen eine kleine Kuschel-Robbe.
„Und du schenkst dir gar nichts?“, will Jette wissen, als ich schon mit meiner Ausbeute den Ausgang ansteuere.
„Mein Taschengeld ist alle“, erkläre ich. „Ich brauche ja noch was für die Fahrkarte. Also, falls dein Vater mich doch nicht mitnimmt. Außerdem …“ Ich seufze unterdrückt.
„Was außerdem?“

„Ach, Menno! Ich will gar kein Andenken. Da bin ich ja bloß traurig, wenn ich es angucke."
„Wartest du mal kurz?", fragt Jette und huscht in den Laden zurück.
Es dauert keine zwei Minuten, dann kommt sie, ein Tütchen schwenkend, zurück.
„Für dich", sagt sie und zieht ein hellblaues Sylt-Armband aus der Tüte. Es ist das gleiche, das ich für Lena in Rosa gekauft habe.
„Ist das schön! Danke, Jette!"
„Aber wehe, du kriegst Heulanfälle, wenn du es trägst."
„Krieg ich nicht, Ehrenwort", sage ich und binde es um mein Handgelenk.
Jette drückt mir die Tüte in die Hand. „Da sind noch drei Armbänder drin. Das pinke ist für Alina, das grüne für Leonie und das weiße für Toni." Sie zieht ein fünftes rotes Bändchen aus ihrer Shortstasche. „Und das ist für mich!"
Was für eine supertruper Idee, Freundschaftsbändchen für uns alle zu kaufen! Vielleicht hat Jette ja recht und es ist in jedem Fall gut, eine Erinnerung an die besten Freundinnen zu haben.
Jettes Mutter hat unterdessen in einem Antiquitätenladen nebenan ein altes Meer-Gemälde für die blitzweiße Wohnung erstanden. Dann geht es mit dem Flitzer denselben Weg zurück.
Als wir durch Kampen, den Ort der Superreichen und

Superschickimicki-Leute, kommen, fragt Frau Joost uns, ob wir Lust auf ein Eis hätten.
„Mia und ich möchten jetzt lieber nach Westerland“, druckst Jette.
„Schon verstanden. Ihr wollt ein bisschen für euch sein.“ Frau Joost zwinkert uns im Rückspiegel zu. Zum Glück ist sie nicht beleidigt und versteht, dass jede Minute für uns kostbar ist.
Die Sonne steht noch hoch am Himmel, als wir zurück sind. Mit einer Naschtüte setzen Jette und ich uns auf eine Bank an der Promenade. Ich mit Blick aufs Meer, das etwas weniger als heute Morgen rauscht, schäumt und gurgelt, Jette mit Blick auf die vorbeilaufenden Urlauber.
„Äh, Jette?“ Ich muss ziemlich laut reden, weil uns der Wind nur so um die Ohren pfeift. „Sitzt du aus einem bestimmten Grund verkehrt herum?“
„Äh … vielleicht?“ Sie guckt mich an und ich sehe, dass ihre Brille mit lauter Salzkristallen betupft ist.
„Und wieso?“ Ich habe schon so eine leise Ahnung, mag es jedoch nicht aussprechen.
Sie kichert.
Aha. Alles klar.
„Wegen *Gell-Leo*?“, frage ich.
„*Gell-Leo*?“
Ich erzähle ihr, wie die Triefnase damals im Schwimmbad ständig „*Gell-Leo*?“ zu seinem Sohn gesagt hat.

Jette gluckst. „Meinst du, *Gell-Leo* ist schon hier?“ Wie meine Babyschwester zappelt sie plötzlich mit den Beinen. Das sieht ganz nach einem akuten Liebesanfall aus.

„Keine Ahnung. Ich weiß ja nur, dass er *irgendwann* in den Ferien herkommt. Das heißt, er kann theoretisch schon hier sein. Oder auch nicht.“

„Grmpf“, macht Jette. „Da ist die Wahrscheinlichkeit, dass ich ihn treffe, ja nicht besonders hoch.“

„Die ist sowieso nicht besonders hoch“, entgegne ich.

„Er hat nicht gesagt, wo er zelten will.“

„Warum habt ihr ihn nicht gefragt?“

„Weil …“ Ich rudere mit der freien Hand. „Weil es sich nicht ergeben hat. Oder fragst du deine Lehrer, wo sie in den Ferien hinfahren?“ Außerdem war ich ja die ganze Zeit damit beschäftigt, *nicht* auf seine peinliche Badehose zu stieren, was ziemlich anstrengend war.

Jette zieht eine Bulldoggenstirn. „Dann klappern wir eben alle Surfschulen und Campingplätze auf der Insel ab.

„Nein, Jette!“

„Warum denn nicht?“

„Weil … weil ich einfach nur mit dir zusammen sein will! Weil du …“, ich muss fast heulen, „meine allerbeste Freundin bist! Und ich bald schon wieder weg bin! Und einfach keine Zeit für einen Leo-Plan ist!“

Jette schwingt ihre Beine über die Bank, setzt sich

neben mich und schmiegt ihre Wange an meine. „Du hast recht, Miss Butterfly. Ich will auch nur mit dir zusammen sein.“
Eine Weile gucken wir schweigend aufs Meer. Ab und zu flattert eine Jette-Haarsträhne in mein Gesicht und dann kommt mir der Gedanke, dass ja vielleicht doch noch Zeit für einen Leo-Plan ist. Zumindest für einen klitzekleinen. Weil mit Jette zusammen sein ja meistens auch bedeutet, dass wir ohne Ende Süße-Typen-Pläne aushecken.
„Okay, Jette. Ein kleiner *Gell-Leo*-Plan geht in Ordnung.“
Jette sieht mich überrascht an. „Äh ..., was ist denn ein kleiner Leo-Plan? Ich meine, im Gegensatz zu einem großen Leo-Plan?“
„Bei einem großen Leo-Plan klappern wir von morgens bis abends alle Surfschulen und Campingplätze ab und dackeln bis zum ersten Kollaps den Strand entlang.“
„Ups, der ist hier aber kilometerlang.“
„Sag ich ja. Bis zum ersten Kollaps. Deswegen gibt es ja auch nur den kleinen *Gell-Leo*-Plan.“
„Und wie soll der gehen?“
„Ähm“, sage ich. Wenn ich ehrlich bin, habe ich mir das noch gar nicht richtig überlegt.
„Nicht krampfhaft nach Leo Ausschau halten, sondern nur ein bisschen?“, fragt Jette.

Ich will gerade sagen, dass das eine supertruper Idee ist, als ihr Angeberhandy zu quaken anfängt.
„Ob er das ist?“, quietscht sie und guckt mich glimmerig an. „Vielleicht kann er ja Gedanken lesen!“
„Logo“, grunze ich, während Jette umständlich in ihren Shorts nach ihrem Handy kramt. „Und deine Handynummer hat ihm ein Geist diktiert.“
Jettes Glücksgrinsen erlischt, als sie aufs Display starrt. „Papa.“ Sie blickt mich an. „Was will der denn jetzt? Der ruft doch sonst nicht einfach so an.“
„Wenn du nicht rangehst, wirst du es nie erfahren“, sage ich in das Gequake hinein.
„Hallo Papa“, sagt Jette ins Handy, um dann nur noch dem schäumenden Meer zuzunicken. „Ach so, ja, aha“, krächzt sie nach einer Weile wie ein altersschwacher Krächzomat. „Hm, okay, bis übermorgen.“ Sie steckt ihr Handy weg, schiebt die Sonnenbrille in ihre Haare und guckt mich irgendwie glasig an. Oder ist es der Anflug von Tränengeglitzer?
„Was ist denn?“
„Papa … äh … er kommt … äh … übermorgen.“
Ich nicke. Das hat er ja schon angekündigt. Für mich bedeutet das, dass ich a) das Geld für die Fahrkarte spare und b) mit ihm im Auto nach Hause fahre. Wovor mir immer noch ein bisschen graut.
„Und er hat … äh … so seltsame Sachen gesagt.“
„Was denn für seltsame Sachen?“

„Dass er mich … äh … sehr, sehr … äh … lieb hat.“ Sie kichert schrill. „Ist das nicht seltsam?“
Ich zucke mit den Schultern. Einerseits finde ich es normal, wenn Väter ihren Kindern sagen, dass sie sie sehr lieb haben – Papi macht das auch –, andererseits passt es so gar nicht zu Herrn Joost. Man kennt ihn ja immer nur geschniegelt und gestriegelt hinter seiner Tageszeitung. Falls er im Besitz irgendwelcher Gefühle ist, hat er sie ziemlich gut versteckt.
Jette zieht die Stirn kraus. „Vielleicht … vielleicht … vielleicht“, stottert sie.
„Was ist vielleicht?“
„Vielleicht ist er ja jetzt wieder mit Tonis Mutter zusammen.“
„Häh? Meinst du wirklich?“
„Na ja, er war eben so komisch!“
Jette nestelt zwei Lakritzschnecken aus der anderen Tasche ihrer Shorts und drückt mir eine in die Hand. „Angenommen“, sagt sie und betrachtet ihre Schnecke nachdenklich, „angenommen, er will mit Tonis Mutter und Toni zusammenleben … Dann wäre Toni ja sozusagen seine Tochter Nummer eins und ich seine Tochter Nummer zwei.“
„Wieso das denn? Bloß, weil er mit Toni unter einem Dach leben würde?“
Jettes Kopf wackelt auf und ab. Es soll wohl ein Nicken sein.

„Und deswegen wollte er dir jetzt noch mal schnell sagen, dass er dich lieb hat?“, fahre ich fort.
„Ja, genau.“
„Sorry, Jette, das ist totaler Quatsch.“ Ich male mit meinen Turnschuhen Muster in den Sand, den der Wind herbeigeweht hat. „Ich glaube, er vermisst dich ganz schön. Deswegen hat er dich angerufen und dir das gesagt.“
„Mein Papa hat mich noch nie vermisst.“
„Kann sein, aber du warst ja auch immer in seiner Nähe. Jetzt eben nicht mehr. Da ist ihm das bewusst geworden.“
Ich nehme Jette an die Hand und ziehe sie von der Bank hoch. Gerade hat der Wind alle Wolken weggepustet und lässt das Meer wie ein Gemälde glitzern.
„Wo willst du hin?“
„An den Strand. Muscheln sammeln.“
„Au ja!“, ruft sie. „Und nach *Gell-Leo* Ausschau halten.“
Kichernd flitzen wir los.

# Eine knochige Gestalt

Was in den nächsten achtundvierzig Stunden Sylt alles passiert:

1. Jette und ich finden einen echten Seestern am Strand! Er hat ziemliche Ähnlichkeit mit Omi Olgas Brosche, allerdings ist er ein bisschen größer. Jette meint, einige Seesternarten können sich vermehren, indem ihnen zum Beispiel ein Arm abfällt und daraus ein neuer Seestern wächst. Wie gruselig ist das denn! Gut, dass sich Menschen nicht auf diese Art fortpflanzen.

2. In einem Sehnsuchtsanfall rufe ich Omi Olga an. Es geht ihr zum Glück supertruper. Sie lernt fleißig Polnisch, Diego hat einen Deutschkurs in einem Flüchtlingsheim übernommen (das finde ich auch supertruper!).

3. Jette bekommt einen Anruf von Toni. Leonie, Alina und sie haben die Bahnfahrt ohne betrunkene Jugendliche, stinkende Klos und fiese Schaffner überstanden. Im Abteil war nur ein plärrendes Baby, das

ihre Herzen im Turbowaschgang erweicht hat. (Ich kenne das ja von Josefinchen.) Selbst Leonie, die sonst nur auf Hunde und Meerschweinchen steht, konnte nicht mehr aufhören, das Baby verknallt anzustarren.
4. Am frühen Abend lädt Frau Joost uns zum Italiener ein. Ich bestelle eine *Pizza funghi* (ganz lecker mit frischen Champignons) und zum Nachtisch eine große Kugel Zitroneneis (jam, jam!). Auf dem Rückweg meint Frau Joost, wir könnten vielleicht noch ins Kino gehen (es läuft gerade eine Familienkomödie), aber Jette und ich möchten uns lieber in ihrem blauen Reich verkriechen. Dort ist es so wahnsinnig kuschelig und wir freuen uns auf ein paar ganz normale Quasselsabbelstunden.
5. Wir quasseln, quatschen und kichern bis spät in die Nacht. Ich könnte auch noch gut eine Stunde weiterreden, doch irgendwann fallen Jette die Augen zu und sie sagt nur noch Sachen wie *grmpff* und *bzzzzz*.
6. Am nächsten Morgen beim Frühstück überreden wir Frau Joost, uns zu zwei Surfschulen (eine in Rantum und eine in Hörnum) zu fahren. Wir tun so, als würden wir uns brennend fürs Surfen interessieren. Doch leider sind die Surfschulen so Leo-los wie eine Astronautenstation auf dem Mond.
Schnief. Ich hätte es Jette so sehr gegönnt!
7. Jette möchte am liebsten ALLE Surfschulen und ALLE Campingplätze der Insel abklappern, findet es

aber zum Glück zu auffällig, ihre Mutter darum zu bitten. Außerdem haben wir uns ja gegen den großen *Gell-Leo*-Plan entschieden.

8. Nach dem Mittagessen (Fisch in der Fußgängerzone) gehen Jette und ich an den Strand. Wegen der bald einsetzenden Ebbe müssen wir uns tierisch mit dem Baden beeilen. (Macht trotzdem höllisch viel Spaß.)

9. Randbemerkung: Ich liebe das Meer! Ich liebe die Wellen! Ich liebe die kreischenden Möwen. Hach!

10. Zur Feier des Tages mieten wir uns einen Strandkorb. Frau Joost hat diesmal wirklich darauf bestanden, weil ich schon einen leichten Sonnenbrand am Nacken habe. Es ist so mega-giga-irre gemütlich, sich hineinzufläzen, die Füße auf dem ausziehbaren Fußkasten abzulegen, die salzige Luft zu atmen und den tanzenden Wellen zuzusehen!

11. Noch ein paar Randbemerkungen: a) liebe ich Sylt, b) liebe ich meine beste Freundin Jette, c) liebe ich das Meer immer noch, d) liebe ich alle meine Freundinnen, e) liebe ich Strandkörbe und f) würde ich am liebsten einen für mein Zimmer kaufen. Zu dumm, dass er so groß ist. Denn dann müsste ich mein Bett und meinen Schreibtisch rausschmeißen. Außerdem sind sie wohl richtig teuer. Da würde wohl nicht mal das Broschen-Geld von Omi Olga ausreichen.

12. Zum Abendessen kocht Frau Joost Spaghetti mit Shrimps. Hallo? Ich wusste ja gar nicht, dass sie über-

haupt kochen kann! Während die Nudeln im sprudelnden Salzwasser liegen, warten wir auf Herrn Joost, der jeden Moment eintrudeln müsste.
Aber er trudelt nicht ein. Nicht um halb sieben, nicht um Viertel vor sieben und auch nicht um sieben. Viertel nach sieben klingelt Frau Joosts Handy. Ihr Mann ist mit seinem Auto liegen geblieben. Der Wagen ist jetzt in Husum in der Werkstatt, er übernachtet dort und kommt gleich morgen früh mit dem Autozug auf die Insel.
13. Ein bisschen traurig essen wir die lauwarmen Nudeln. Ich hätte Jette so sehr ein schönes Abendessen mit ihrem Papa gegönnt. So selten, wie sie ihn im Moment zu Gesicht bekommt. Morgen bleiben schließlich nur ein paar minikurze Stunden, von denen ich, wenn ich ehrlich bin, keine einzige Sekunde an Herrn Joost abtreten möchte.
14. Dann ist sie da, unsere letzte gemeinsame Nacht. Jette und ich liegen Schulter an Schulter auf dem Matratzenlager (sie wollte unbedingt neben mir und nicht in ihrem Bett schlafen). Wir quasseln über alles Mögliche: über die Insel, die mit den breiten Stränden und tollen Dünenlandschaften wirklich megaschön ist, über Jettes Begeisterung für Muscheln (sie will ganz viele sammeln, um Schmuck daraus zu basteln), über Leo (Jette meint, er würde so schrecklich süß gucken), über Leonies Periode (wer hätte das gedacht!),

über Tonis Mutter und Herrn Joost (es wäre wirklich der Hammer, wenn die beiden sich wieder ineinander verlieben), über Taschenkrebse, Seesterne und Feuerquallen. Nur über eins reden wir nicht: dass ich morgen schon wieder weg bin. Aber das ist vielleicht bloß gut so. Denn sonst wären wir beide nur ganz furchtbar traurig.

Wir sitzen beim Frühstück, ich knabbere appetitlos an meinem Brötchen mit Krabbensalat, als es klingelt.
„Papa!", ruft Jette und springt flummischnell auf.
„Dein Vater!", ruft Frau Joost hinterher und für einen Mikromoment kommt es mir so vor, als würden ihre Augen leuchten. Vielleicht kommen die beiden eines Tages ja doch wieder zusammen. Hach, das wäre so mega-giga-irre schön! Jette würde wieder in ihrem roten Reich in Hamburg leben und alles wäre für immer gut.
Kurz darauf sitzt Herr Joost mit uns am Frühstückstisch und erzählt von der Panne mit seinem Auto, aber ich höre bloß mit einem Ohr hin. Weil der Abschiedsschmerz schon jetzt schrecklich wehtut. Außerdem bin ich total hibbelig und kribbelig, weil ich so gerne noch einmal an den Strand möchte, bevor wir losfahren.

Als hätte Jettes Vater meine Gedanken erraten, sagt er: „Jette, wollt ihr nicht noch mal an den Strand gehen? Oder euch ein Eis holen? Ich habe was mit deiner Mutter zu bereden.“
Jette und ich gucken uns überrascht an. Was hat das jetzt zu bedeuten?
Doch Herr Joost sagt nichts weiter dazu und als auch noch Frau Joost uns zunickt, brechen wir ratzfatz auf. Bevor sie es sich noch anders überlegen.
„Was haben die denn jetzt zu besprechen?“, fragt Jette mich auf dem Weg zum Strand.
„Kann ich hellsehen?“, entgegne ich.
„Menno, Miss Butterfly, streng mal deinen Grips an. Du bist doch immer so schlau und psychologisch.“
„Wenn ich das wäre, würde ich nicht mehr zur Schule gehen, sondern gleich eine Psychopraxis in Hamburg aufmachen. Oder auf Sylt.“
„Bitte, bitte, auf Sylt!“, bettelt Jette und schlingt ihre Arme krakenartig um mich.
„Klar“, entgegne ich, dann bezahlen wir ein letztes Mal die Kurtaxe und huschen an dem Wärterhäuschen vorbei.
Das Wasser ist heute märchenhaft blau und leuchtet mit dem Himmel um die Wette. Es ist das perfekte Sommer-Strand-und-Ferien-Wetter.
Wir können gar nicht schnell genug aus unseren Schuhen kommen, schon sausen wir über den breiten

Strand zum Meer. Uahh, das Wasser ist wie immer shocking kalt! Jette kiekst und quietscht, als wir bis zu den Waden hineinstaksen, und würde meine Abreise nicht immer näher rücken, wäre es einfach nur ein wunderschöner Tag am Meer. Wir würden baden, ich würde meinen Schmetterlings-Bikini spazieren führen und später würden wir wie ausgehungert über Fischbrötchen und Streuselkuchen herfallen. Doch je länger wir den Strand entlanglaufen, Muscheln sammeln und uns einen Happy-Feeling-Tag vorgaukeln, desto mehr verknotet sich mein Magen.

Mein Blick fällt auf einen rötlichen Stein, der die Form eines Herzens hat. Er sieht aus, als hätte das Meer ihn extra für Jette zurechtgeschliffen. Rasch bücke ich mich danach und drücke ihn ihr in die Hand.

„Für dich", sage ich und hoffe, dass meine Stimme nicht allzu traurig klingt.

Jette guckt den Stein an, grinst schief, wischt sich verstohlen die Augen, dann krächzt sie: „Danke, Miss Butterfly. Der kriegt einen Ehrenplatz auf meinem Schreibtisch."

„Aber wir heulen jetzt nicht, okay?"

„Niemals!", sagt Jette und drückt mir einen Schmatzer aufs Ohr.

„Aua!"

„Stell dich nicht so an. Das war ein *Vergiss mich bloß nicht du doofe Kuh*-Kuss."

Wie könnte ich Jette nur jemals vergessen? Ich bin ja kein gehirnloser Seestern und auch keine Muschel.
„Ich muss mal", sagt sie. „Kommst du mit?"
Na klar komme ich mit. Das sind die letzten Minuten, die wir zusammen auf der Insel verbringen, da lasse ich sie garantiert nicht allein!
Das Tolle an der Sylter Strandpromenade ist, dass man alle paar Meter Pipi machen kann. Wir verschwinden im nächsten Klo – ups, auch bei mir war es total dringend. Ich habe es nur nicht bemerkt, weil ich ganz mit Jette und dem Abschiednehmen vom Meer beschäftigt war.
Kurz darauf beim Händewaschen schleudert Jette ihre von der Sonne gebleichte Glanzmähne hin und her und sagt: „Ich hab gerade was beschlossen, Miss Butterfly."
„Und was?"
„Dass ich Leo nicht mehr liebe."
„Häh?", mache ich. „Geht das denn so einfach?"
Jette nickt und ich denke mir meinen Teil. Bestimmt hat sie ihn gar nicht richtig geliebt, wenn sie sich so schnell wieder entlieben kann.
„Und warum?", frage ich.
„Weil es Quatsch ist. Ich bin hier auf der Insel, Leo ist in Hamburg." Sie beugt sich vor und quetscht einen kleinen Pickel aus. „Da suche ich mir am besten ein anderes Liebesobjekt."

Irgendwie habe ich das gehofft, gleichzeitig aber auch befürchtet. Klar will ich, dass es ihr endlich wieder besser geht. Nur würde ein Liebesobjekt auf Sylt sie wahrscheinlich noch weiter von mir entfernen. Und schlimmstenfalls vergisst sie mich ganz darüber.

Eingehakt dackeln wir zurück durch den gekachelten Gang, da sehe ich draußen eine giftgrüne Haifisch-Badehose vorbeiflutschen und bleibe wie schockgefrostet stehen.

„Ich fasse es nicht“, murmele ich und kralle mich an Jettes Arm fest.

„Was fasst du nicht?“

„Ich glaub, das war eben die Triefnase! Komm!“

Wir flitzen los, doch kurz bevor unsere Nasen auch nur einen Hauch Sommerluft erschnuppern können, prallen wir mit einer ziemlich knochigen, ziemlich jungenhaften Gestalt in Badehose zusammen.

LEO.

Ups, äh, nee, hallo?

Während Jette tomatenrot anläuft, Leo schweinchenrosa und ich … keine Ahnung … vielleicht einen Pickel kriege, kommt Herr König auf uns zu.

„Nein, so was!“, ruft er aus. „Ich hab schon immer zu meinem Sohn gesagt, vielleicht treffen wir ja mal Jette. Gell, Leo?“

Leo nickt verdattert, ich kichere unterdrückt, Jette starrt mit glasigen Augen ins Nirgendwo.

„Und du bist auch hier, Mia! Das freut mich ja. Verbringst du deine Ferien bei Jette?“

Ich schüttele den Kopf. „Ich muss gleich zurück nach Hamburg.“

„Wie schade“, brummt die Triefnase. „Ihr hättet ja mal was mit Leo unternehmen können.“

Leos Kinn sackt aufs Brustbein. Wahrscheinlich gefällt ihm der Verkupplungsversuch seines Vaters ganz und gar nicht.

„Papa, gehst du schon mal vor?“, schnarrt er plötzlich, als wäre er gerade aus dem Tiefschlaf erwacht.

Herr König grinst. „Ich bin da vorne bei den Postkarten.“ Er grinst breiter. „Euch beiden noch schöne Ferien!“

Weg ist er und Jette und ich sind mit Leo allein.

„Boah, mein Vater ist so peinlich!“, stöhnt er.

„Kenn ich“, sagt Jette und kichert befreit los.

„Schade, dass du nachher schon fährst, Mia“, fährt er fort.

Ich nicke. Ja, das ist schade. Und schnieftodtraurig.

Leos Blick geht zu Jette. „Aber wenn du willst, können wir ja mal was machen. Ich kenne hier niemanden. Ist voll öde.“

„Ja, gerne!“, quiekt Jette und bekommt ihren typischen Glimmerblick. Hilfe, bitte, nee!

„Wollen wir uns morgen um drei hier treffen?“, fragt Leo.

„Geht klar“, sagt Jette jetzt zum Glück ziemlich lässig, *Gell-Leo* wünscht mir noch schöne Ferien, im nächsten Augenblick flitzt er der Haifisch-Badehose hinterher.

Jette verdreht die Augen auf gruselige Weise. „Kneif mich mal! War das echt oder träume ich gerade?“

Ich kneife sie.

„Aua!“

„Du hast gesagt, ich soll dich kneifen.“

„Ja, aber nicht so doll!“

Ich kneife sie sanfter, sie kichert, dann kehren wir um und trotten durch die Fußgängerzone zurück nach Hause. Weil meine beste Freundin so megahappy ist, grinse ich mit ihr um die Wette. Es würde mir auch das Herz brechen, eine megaunglückliche Jette auf der Insel zurückzulassen.

# T - omas

*Liebes Tagebuch,*

*dies hier ist ein schneller Ich-weiß-gar-nicht-wie-ich-mich-fühlen-soll-Eintrag. Alles ist gerade ziemlich verzwickt und verzwackt.*
*Ich sitze bei Herrn Joost hinten auf der Rückbank im Auto und es wackelt ziemlich blöd. Hoffentlich kann ich meine Schrift später überhaupt noch entziffern.*
*Was eben noch alles passiert ist:*
*1. Jette war wegen Leo total durcheinander und hat nur noch in Gedichtsprache mit mir geredet.*
*2. Zum Mittagessen hat Frau Joost Sushi bestellt, aber keiner von uns hatte so richtigen Appetit (außerdem mag ich Sushi ja nicht besonders).*
*Später beim Nachtisch – es gab Eis aus dem megateuren Gefrierschrank – wollte Herr Joost „ein paar Takte“ mit Jette alleine reden. Die „paar Takte“ haben gerade mal fünf Minuten gedauert, danach ist sie mit roten Flecken im Gesicht, kicherig und irgendwie*

*total ballaballa wieder rausgekommen. Was Herr Joost mit ihr besprochen hat, hat sie nicht gesagt. Und auch Herr Joost hat vorhin, als wir im Autozug den Hindenburgdamm überquert haben (da fährt man den Wagen auf den Zug und bleibt bei ausgeschaltetem Motor einfach sitzen), keinen Mucks von sich gegeben. Wie üblich hat er Zeitung gelesen und ich hab durch das Autofenster in die Wasserlandschaft gestarrt.*
*Ich habe Jette eben schon gesimst, doch bisher noch keine Antwort …*

„Mia?“, tönt es plötzlich von vorne. Es ist das erste Wort, das Herr Joost an mich richtet, seit er das Auto wieder durch die grüne Landschaft lenkt. „Wird dir beim Schreiben nicht schlecht?“
Ich schüttele den Kopf.
„Vorschlag. Du wechselst zu mir nach vorne und wir unterhalten uns ein bisschen.“
Unterhalten. Ich. Mit Herrn Joost. Keine Ahnung, wie das mit jemandem gehen soll, der immer so fischstäbchenmäßig stumm ist.
„Äh ja, von mir aus“, stottere ich.
Jettes Vater parkt den Wagen am Straßenrand, ich steige aus und an der Beifahrerseite wieder ein.
Er schaltet das Radio ein, irgendein Geigengedudel

erklingt, dann sagt er: „Möchtest du wissen, worüber ich vorhin mit Jette geredet habe?"
„Äh, ja?", entgegne ich. Mein Mund fühlt sich ganz schrecklich pappig an. Als hätte ich in Milch aufgeweichten Karton gegessen.
Herr Joosts Blick geht für einen Minimoment zu mir. „Das wird dich jetzt vielleicht überraschen, aber ich habe Jette einen Vorschlag gemacht."
„Ach so, äh, ja. Und was für einen?"
Vielleicht darf sie ja öfter an den Wochenenden nach Hamburg kommen! Oder wir alle nach Sylt fahren! Das wäre ja so mega-giga-irre schön!
Mitten in die fiedelnden Geigen verkündet Herr Joost: „Wenn Jette möchte, kann sie bei mir wohnen."
*Tock-tock-tock* macht es an meiner Großhirnrinde, doch niemand ist da, um mir Herrn Joosts Worte zu erklären.
„Äh, wie?", würge ich hervor.
„Ich habe ihr angeboten, zu mir nach Hamburg zu kommen", fährt Jettes Vater fort. „Sie hat ja noch ihr Zimmer und in mein Büro würde dann ein Au-pair-Mädchen einziehen." Er zwinkert mir zu. „Damit jemand da ist, der sich um all die lästigen Dinge kümmert, für die ich keine Zeit habe und die ich auch nicht kann. Kochen, putzen, Wäsche waschen, bügeln." Herr Joost sieht mich mit hochgezogenen Augenbrauen an. „Und? Wie findest du das, Mia?"

Endlich macht es in meinem Hirn klick und ich stottere: „Äh, ja, supitrupi.“ Normale Wörter, die Erwachsene in so einem Fall sagen würden, fallen mir nämlich gerade nicht ein. Dazu bin ich viel zu baff. MEGABAFF.
„Ich hab schon Kontakt zu einer Polin, die das gerne machen würde. Sie heißt Justyna.“
„Justyna?“, frage ich überflüssigerweise.
„Ja, sie kommt aus Warschau. Eine Kollegin von Tonis Mutter hat sie empfohlen. Die hat nämlich auch ein Au-pair-Mädchen aus Polen. Agniezka. Und diese Agniezka ist Justynas beste Freundin.“
„Äh“, sage ich, weil ich die Kuddelmuddel-Infos erst mal sortieren muss. Tonis Mutter hat eine Kollegin, die wiederum hat ein Au-pair-Mädchen und … Bevor ich weiterdenken kann, macht es *pling!* in meinem Denkkasten. Wahrscheinlich hat Herr Joost schon länger darüber nachgedacht, ein Au-pair-Mädchen einzustellen, und hatte deswegen ständig was mit Tonis Mutter zu besprechen. Und Liebesalarm und Knutschaffären haben sich nur in unserer Fantasie abgespielt!
„Äh, Herr Joost?“, frage ich. Mein Herz puckert rasend schnell und ich habe nervöses Augenlidzucken.
„Ja, Mia?“
„Was hat Jette denn dazu gesagt?“
Herr Joost seufzt. Und trommelt mit den Fingerspitzen

aufs Lenkrad. Und sein Gesichtsausdruck wechselt im Sekundentakt zwischen besorgt und megahappy.
„Nun ja, sie war schon ziemlich überrascht."
Kein Wunder, das bin ich auch. „Und sonst?"
Herr Joost lächelt mich knapp von der Seite an. „Sie will es sich überlegen."
„Echt?", sage ich und spüre, wie die zwei Sushi von heute Mittag in meinem Magen übermütig auf und ab hüpfen.
„Ich würde mich auch sehr freuen, wenn sie zurückkommt, aber mir ist schon klar, wie sehr sie an ihrer Mutter hängt. Und ihre Mutter an ihr."
Die Sushi hören auf zu hüpfen und ballen sich in meinem Magen zu einem fiesen Klumpen zusammen. Das ist eben genau der springende Punkt. Für Jette ist Frau Joost so was wie Mami, Papi, Omi plus drei Geschwister in einer Person. Und umgekehrt ist Jette Frau Joosts Ein und Alles.
„Sie könnte ja während der Schulzeit bei Ihnen wohnen und in den Ferien auf Sylt", schlage ich vor.
Herr Joost nickt dem Lenkrad zu. „Das ist eine ausgezeichnete Idee, Mia. Mal sehen, was die beiden dazu sagen."
Als Herr Joost mich nach einer schier endlosen Autofahrt und vielen kuddelmuddeligen Gedanken später bei mir zu Hause absetzt, rauscht es in meinem Kopf immer noch wie an der stürmischen Nordsee. Alles ist

gerade so verwirrend, dass ich kaum noch weiß, wer ich bin und wie ich heiße.
„Danke fürs Mitnehmen, Herr … äh …“, stottere ich.
„Ach, sag doch bitte Thomas zu mir, Mia“, unterbricht mich Herr Joost und streckt mir die Hand hin.
„Äh … T … omas“, nuschele ich und reiße die Wagentür auf.
Herrn Joost duzen – das fühlt sich so irrwitzig und kicherkomisch an, dass ich mich japsend ins Freie rette.

# Schulligung

Die Sonne ist gerade hinter der großen Kastanie verschwunden, wir sitzen auf dem Balkon und essen leckeren polnischen Salat, den Omi bei sich zu Hause zubereitet hat. Er besteht aus gekochten Kartoffeln, Möhren, Erbsen, Äpfeln, Gewürzgurken, Eiern und Mayonnaise.

Nach dem ersten Donnerwetter („Wir haben uns zu Tode gesorgt!", „Mach so was nie wieder!") toben Mami und Papi zum Glück nicht mehr, sondern fauchen nur noch wie altersschwache Drachen. Es tut mir ja auch leid, dass sie sich meinetwegen so schrecklich gesorgt haben. Aber wenn ich nicht gefahren wäre, hätte ich Jette garantiert nicht zu Gesicht bekommen und wäre noch vor Sehnsucht eingegangen.

Nur Lukas ist megabeeindruckt und wiederholt in einer Tour, wie cool er unsere Aktion findet.

„Das war überhaupt nicht cool, Lukas", widerspricht Mami. „Das war einfach nur leichtsinnig."

„Aber Mias Freundinnen waren doch dabei", sagt

Lena. „Und Toni.“ Ein Wunder! Meine kleine Schwester schlägt sich auf meine Seite!
„Andrea!“ Omi Olga tätschelt Mami, die immer noch ziemlich säuerlich dreinblickt. „Natürlich war das keine Glanzleistung von Mia. Andererseits verstehe aber auch, dass sie unbedingt zu Jette wollte. Die beiden hängen doch so aneinander.“
Mami nickt und ein Lächeln fräst sich in ihr Gesicht, als sie mir von dem Treffen mit ihrer Schulfreundin Melanie erzählt. Es war so schön und so vertraut und sie haben sich vorgenommen, sich wieder regelmäßig zu sehen.
Nach dem Essen hole ich die Mitbringsel aus meinem Zimmer und verteile sie der Reihe nach. Nur für Diego habe ich leider nichts dabei, schnief!
Josefinchen juchzt, als ich ihr die Kuschel-Robbe in die Hand drücke. Mami schnuppert am Friesentee und sagt, das sei eine so tolle Idee, den habe sie zuletzt vor x Jahren mit Papi auf Amrum getrunken. Omi Olga drückt die Seife gerührt an ihren dicken Busen und pflanzt mir ein Küsschen aufs Haar. Lena bindet sich gleich das rosafarbene Sylt-Armband um und knutscht es wie wild ab, aber am meisten, wirklich am allermeisten, freut sich mein großer Bruder über den Matrosen mit dem Wackelkopf.
„Wow! Cool! Genial!“, ruft er und haut mir auf die Schulter, als wäre ich sein dickster Kumpel.

Während nun auch Papi am Tee riecht und glänzende Augen bekommt, erzähle ich von den langen und breiten Sandstränden, vom wild schäumenden Meer, von Jettes blauem Zimmer und von der blitzeblanken, weißen Frau-Joost-Wohnung.
„Alles blitzblank und weiß!“ Mami seufzt. „Und bei uns? Alles alt und voller Wollmäuse.“
„Das macht nichts“, sage ich und meine es auch so. Mein Zuhause ist immer noch das schönste auf der Welt. Auch wenn überall Josefinchens Spielsachen, Lukas’ Turnschuhe und Papis Papiere herumfliegen.
Während sich Omi darüber wundert, dass Frau Joost ihrer Tochter anscheinend alle naselang neue Möbel kauft, klicke ich heimlich unter dem Tisch mein Handy auf. Eigentlich sind Handys während der Mahlzeiten verboten, aber ich bin so neugierig, ob Jette sich schon gemeldet hat.
Shitikowski. Keine Nachricht, nichts. Ob das ein schlechtes Zeichen ist? Vielleicht will sie ja lieber bei ihrer Mutter auf der Insel bleiben und traut sich nicht, es mir zu sagen.
„Mia, hatten wir nicht eine Abmachung?“, sagt Mami prompt.
„Schulligung“, nuschele ich.
„Das heißt Entschuldigung“, trötet Lena megaschlau.
„Ich kann dir das Armband auch wieder wegnehmen“, zische ich ihr zu.

„Nun streitet bitte nicht, Kinder“, sagt Omi. „Es ist so ein herrlicher Abend!“
Das stimmt allerdings. Die Sonne geht gerade unter und zum Nachtisch gibt es Vanilleeis mit frischen Pfirsichen. Nur dass ich immer noch nichts von Jette gehört habe, macht mich ziemlich kribbelig. Damit Mami nicht gleich wieder losmeckert, husche ich kurz in die Wohnung, um mein Handy zu checken, aber das Display schaut mir schwarz und nachrichtenlos entgegen.
„Was hast du denn, mein Schmetterling?“ Omi taucht hinter mir auf.
„Wieso?“
„Du hast eben Mist gesagt.“
Ups, spreche ich etwa schon mit mir selbst?
„Jette hat sich immer noch nicht gemeldet“, brumme ich.
„Sollte sie denn?“
„Ähm, äh, öhm“, mache ich. Eigentlich wollte ich niemandem in meiner Familie etwas von dem Gespräch mit Herrn Joost sagen. Weil alle ihren Senf dazugeben würden und ich überhaupt keine Lust hätte, später erklären zu müssen, dass Jette doch nicht wieder zurückkommt.
„Omi, du musst mir versprechen, mit niemandem darüber zu reden.“
„Meine Lippen sind versiegelt“, sagt sie und legt den Zeigefinger auf den Mund.

Weil ich weiß, dass Omi hundertprozentig dichthält, schütte ich ihr mein Herz aus. Ich erzähle von Herrn Joosts Angebot, Jette bei sich wohnen zu lassen, von dem Au-pair-Mädchen Justyna, das bei ihm anfangen würde, und von dem mächtigen Gefühlskuddelmuddel, das in mir brodelt.
„Warum meldet Jette sich denn bloß nicht?“, jaule ich.
„Weil sie sich vielleicht noch nicht entschieden hat?“ Omi Olga wiegt ihren Kopf bedächtig hin und her. „Mia, so eine Entscheidung sollte man nicht übers Knie brechen. Dafür muss man sich schon ein wenig Zeit nehmen.“
„Du meinst, es ist kein schlechtes Zeichen, dass sie noch nicht angerufen hat?“
„Nein, mein Schmetterling.“ Omi streichelt gedankenverloren die Seestern-Brosche auf ihrem Kragen.
„Du hast sie ja immer noch“, sage ich.
Omi Olga nickt dem Seestern zu, wodurch ein Vierfach-Kinn bei ihr entsteht. „Morgen habe ich einen Termin beim Juwelier. Er meinte, das geht ganz schnell, bis das Geld da ist.“ Sie lächelt, doch ich sehe, dass es ein megatrauriges Lächeln ist.
„Weißt du, was?“, sage ich.
„Nein?“
„Wenn das meine Brosche wäre und ich hätte sie von Jette geerbt, würde ich sie nicht verkaufen.“
„Nein?“ Omi sieht mich verwirrt an.

„Nein! Weil es eine so schöne Erinnerung an Jette wäre.“ Ich streiche automatisch über das Freundschaftsbändchen an meinem Handgelenk. „Und weil man so was auch nicht zu Geld machen darf.“
„Ich will die Brosche ja gar nicht zu Geld machen. Ich möchte meinen Enkeln eine kleine Finanzspritze zukommen lassen.“
„Wir brauchen aber gar kein Geld“, sage ich, obwohl das eine glatte Lüge ist. Natürlich brauche ich Geld. Allein schon, um Jette mal einzuladen oder die Kurtaxe beim nächsten Mal selbst zu bezahlen. „Bitte verkauf die Brosche nicht!“ Ich schlinge meine Arme um Omis Hals.
„Ach, Mia!“, seufzt diese.
„Seid ihr jetzt ein Liebespaar?“ Lena kommt kichernd auf den Flur, gleichzeitig klingelt mein Handy.
Jette!
Endlich!
Aus dem Augenwinkel sehe ich, dass sich Omi aufs Klo verdrückt und Lena in unser Zimmer abdüst.
Alles an mir zittert und bebt, als ich rangehe. Meine Stimme, meine Knie, selbst meine Schmetterlingshaarspange rutscht vor Schreck halb aus dem Haar.
„Jette?“, hauche ich.
„Ja, ich bin’s. Wer sollte auch sonst dran sein?“
Pause, Pause, Pause.
„Hast du meine Nachrichten bekommen?“, frage ich.

„Mhm."
„Jetzt sag schon! Ich halt's echt nicht mehr aus! Wenn du auf Sylt bleiben willst, ist es eben so! Dann besuche ich dich ganz oft oder du kommst her oder wir skypen oder schreiben uns oder telefonieren, Hauptsache, du vergisst mich nicht, das würde ich nämlich echt nicht verkraften ..."
„Miss Butterfly?", tönt es an meinem Ohr.
„Ja?"
„Ich hab mich entschieden."
„Wirklich?", will ich sagen, doch bloß ein Krächzer kommt aus meiner Kehle.
„Ja!", piepst es an meinem Ohr. Und dann: „Ich ziehe zu Papa."
In derselben Sekunde rutscht mir das Handy aus der Schwitzhand und schlägt mit einem Knall auf dem Boden auf.
„Mia? Mia? Mia?", tönt es in Höhe meiner Füße.
Blitzschnell hebe ich das Handy auf. Zum Glück ist es nicht kaputtgegangen.
„Jette, ist das wirklich dein Ernst?", keuche ich. Nicht, dass sie mich veräppelt, denn das wäre richtig fies.
„Ja, logo", sagt sie. „Ich probier's jedenfalls aus. Mama ist auch einverstanden. Entweder kommt sie am Wochenende nach Hamburg oder ich fahre zu ihr hoch nach Sylt. Ich muss es einfach machen, weil ... ich halte das sonst nicht aus."

„Yeah! Yippie!“, schreie ich so laut, dass Omi polternd aus der Toilette kommt. Auch der Rest der Familie findet sich nach und nach im Wohnzimmer ein. Selbst Josefinchen krabbelt wie der Blitz über den Flur.
„Mia, was ist denn los?“, will Papi wissen und Mami ermahnt mich, ich solle nicht so laut schreien, sonst würde gleich noch unser Nachbar Herr Richter auf der Matte stehen und sich beschweren.
„Jette … sie kommt … zurück!“, japse ich und dann sinke ich meiner verdatterten Familie in die Arme.

*Liebes Tagebuch,*

*ich kann es immer noch nicht glauben! Alina kann es ebenfalls nicht glauben! Und Leonie und Toni schon mal gar nicht!*
*Nur noch ein paar Tage, dann ist der Sylt-Spuk vorbei und Jette kommt zurück. Sie muss nur erst ihre Sachen wieder einpacken und ihre Mutter hat vorher auch keine Zeit, sie herzubringen. Außerdem ist das Au-pair-Mädchen Justyna noch in Polen. Und alleine traut Herr Joost es sich wohl nicht zu, sich um seine Tochter zu kümmern.*
*Mensch, ist das alles aufregend!*

*Ich bin total hibbelig und kribbelig!*
*Ich könnte die ganze Welt knutschen!*
*Ach, noch etwas Tolles ist passiert. Jette hat Leo schon zweimal auf Sylt getroffen und beim zweiten Mal haben sie nicht nur Cola getrunken, sondern auch – halt dich fest, liebes Tagebuch – HÄNDCHEN GEHALTEN! Es war angeblich mega-giga-irre schön, aber Jette weiß nicht, ob sie jetzt miteinander gehen. Leo ist für den Rest der Ferien bei irgendwelchen Verwandten in Freiburg. Also wird sich erst nach den großen Ferien zeigen, wie der Liebes- oder Freundschaftsstatus zwischen den beiden ist.*
*Jette will ihr graues Reich in Hamburg übrigens mit ein paar blauen Sachen aus ihrem Sylter Reich und ein paar roten Sachen aus ihrem ehemaligen roten Reich aufpeppen. Ich finde, das ist eine supertruper Idee.*
*Hach, ich freue mich so! Es werden also doch noch schöne Ferien!*
*Liebes Tagebuch, meinst du, die Sache mit Herrn Joost und dem Au-pair-Mädchen wäre auch passiert, wenn wir nicht nach Sylt gefahren wären?*
*Egal. Ich hoffe nur, dass Jette bei ihrem Papa glücklich wird. Und nicht eines Tages plötzlich feststellt, dass er so gefühllos wie eine Tageszeitung ist. Das wäre einfach schrecklich.*
*Oh, Menno, jetzt nölt Lena, ich soll das Licht ausmachen, sie will schlafen.*

*Good night, liebes Tagebuch. Schlaf du auch schön.*
*PS: Toni will nun doch auf ihrer alten Schule bleiben. Es hat eine Aussprache zwischen den Freundinnen gegeben und Toni konnte einige Missverständnisse aus dem Weg schaffen. Das ist so toll! Ich freue mich für sie!*

*Liebes Tagebuch,*

*auch wenn Lena gleich wieder losmeckert, ich muss noch was loswerden und habe deswegen das Licht angemacht.*
*Ich bin so glücklich!*
*So mega-giga-irre happy!*
*Ich glaube, so glücklich war ich nur, als meine süße kleine Schwester Josefine auf die Welt gekommen ist.*
*Ich sag's ja: Lena meckert. Also mache ich das Licht jetzt wieder aus.*
*Schlaf gut, liebes Tagebuch.*

# Ein kreischbuntes Reich

Es ist unser erster Quasselsabbelnachmittag in Jettes neuem Zuhause, in ihrem grauen Reich bei Herrn Joost. Das heißt, eigentlich quatschen und quasseln wir (Jette, Alina, Leonie, Toni und ich) gar nicht wie sonst, sondern quietschen, kichern und albern herum wie nach einer Überdosis Lakritzschnecken. Was daran liegt, dass a) Jettes neues Au-pair-Mädchen Justyna dabei ist (die wir ja noch nicht so gut kennen) und b) wir seit geschlagenen zwei Stunden Jettes Zimmer in kreischbunten Omi-Olga-Farben anstreichen.

Ein paar Fakten zu dem Au-pair-Mädchen:

1. Justyna hat ihr Abitur in Warschau gemacht und ist jetzt in Deutschland, um die Sprache richtig gut zu lernen. Später will sie hier studieren.

2. Sie ist ein Meter zweiundachtzig groß (ja, wirklich!), trägt Schuhgröße dreiundvierzig und obwohl sie die ganze Zeit Essen in sich hineinstopft, ist sie spindeldürr.

3. Ihre Haare sind mausbraun (in etwa so wie meine),

ziemlich lang und sie hat sie zu einem lustigen zerzausten Dutt zusammengesteckt.
4. Was richtig toll an ihr ist: Sie kann supertoll kochen und backen. Vorhin hat sie uns mit Spaghetti mit Gorgonzolasoße verwöhnt, zum Nachtisch gab es polnischen Käsekuchen. Der schmeckte noch viel besser als Omis. (Sorry, Omi. Du bist und bleibst trotzdem die allerliebste und allerbeste Omi der Welt!)
5. Justyna erinnert mich in ihrer quirlig-quietschigen Art manchmal ein bisschen an Omi Olga. Zumal sie genauso schräge Klamotten trägt. Im Moment eine schreitürkisfarbene Latzhose zu einem schlabberigen Männer-Karohemd und gelben Turnschuhen.
6. Was noch super an Justyna ist: Sie ist nett, lustig und ziemlich einfallsreich. Es war ihre Idee, ein bisschen Farbe in Jettes neues Reich zu bringen. Die Wand, an der das Bett steht, leuchtet nun meerblau, die daneben hellgelb. Jetzt sind wir bei den letzten beiden Wänden, die hellrosa und knallrot werden sollen. Hoffentlich trifft Herrn Joost nicht der Schlag, wenn alles fertig ist. Er hatte zwar nichts dagegen, dass wir das Zimmer streichen, aber als wir über die Farben gequatscht haben, war er mehr mit seiner Zeitung als mit uns beschäftigt.

„Das wird so eine schöne Zimmer“, sagt Justyna und pinselt einen breiten roten Strich neben die Eingangstür. „Schönste Zimmer von die Welt.“

„So ein schönes Zimmer", verbessert Jette sie.
„Das schönste Zimmer der Welt", ergänze ich.
Nicht, dass wir wie Klugscheißer rüberkommen wollen, aber Justyna hat uns extra gebeten, sie zu verbessern. Weil sie ja sonst nichts dazulernt.
„Das schönste Zimmer der Welt", wiederholt Justyna und grinst.
„Und dein Zimmer?", fragt Jette. „Wollen wir das auch noch streichen?"
Justyna wohnt seit ihrer Ankunft in Herrn Joosts ehemaligem Büro, wo ebenfalls alles steingrau ist. Bisher steht neben einem Bett und einem Büroschrank nur Omis Erbstück, der Tisch mit den vier Schubladen, darin. Es war mein Vorschlag, ihn Justyna zu geben, weil sie ihn wirklich gebrauchen kann. Und er ist ja auch ganz hübsch.
„Weiß nicht." Justyna fährt sich durchs Gesicht und hat jetzt eine rote Farbspur auf der Nase. Sie lacht. „Wenn Herr Joost mich erlaubt."
Wie aufs Stichwort klopft es, die Tür geht auf und Jettes Vater lugt herein. Wir verstummen. Jette und Justyna blicken Herrn Joost gespannt entgegen. Doch der sagt erst mal nichts. Seine Pupillen flitzen hin und her und über seinem Kopf schwebt eine Blase, in der steht: Um Himmels willen!
„Wie gefällt, Herr Joost?", bricht Justyna endlich das Schweigen.

„Wie gefällt es Ihnen, Herr Joost?“, verbessert Jette.
„Wie es mir gefällt?“, sagt er und seine Augenbrauen rücken enger zusammen.
„Ja, wie findest du es, Papa?“, fragt Toni.
Ups. Es ist das erste Mal, dass ich mitbekomme, wie sie Herrn Joost mit Papa anspricht!
„Ja, sag mal, Papa“, meint nun auch Jette.
Herr Joost tritt über die Schwelle, blickt sich erneut um, seine Augenbrauen zucken wild, dann entspannen sich seine Gesichtszüge und er sagt einfach nur: „Schön.“
„Echt, Papa?“, hakt Jette nach. „Du findest es wirklich schön?“
„Na ja, bunt“, räumt Herr Joost ein. „Schön bunt. Und solange ihr nicht das Wohnzimmer, die Küche und mein Schlafzimmer so anstreicht …“
Er grinst ein bisschen wie die Knalltütenjungs aus unserer Klasse, im nächsten Moment lacht er schallend auf und auch wir anderen fangen an zu gackern. Noch nie habe ich so mit Herrn Joost gelacht und irgendwie ist es ein richtig befreiendes Gefühl.
Später essen wir alle zusammen Abendbrot – es gibt Wurstbrote, Würstchen und immerhin ein bisschen Obst –, dann werden Alina und Leonie von Frau Hagestolz abgeholt, Herr Joost fährt Toni nach Pinneberg und Jette packt ihre Übernachtungstasche, weil sie wegen des Farbgeruchs bei mir übernachten soll.

Justyna steht im Türrahmen und sieht plötzlich ziemlich verloren aus.
„Alles okay?", frage ich.
Sie deutet ein Nicken an.
„Vermisst du dein Zuhause?", hakt Jette nach.
„Bisschen." Sie lächelt tapfer. „Aber hier schönes neues Wohnung und schönes neues Menschen."
Schöne neue Wohnung und schöne neue Menschen, verbessere ich sie automatisch in Gedanken. Doch ich finde es unpassend, das jetzt laut auszusprechen.
„Wenn du willst, können wir dein Zimmer auch streichen", schlägt Jette Justyna vor. „Ich hab das eben ernst gemeint."
„Ich weiß. Aber dein Vater wird bestimmt … böse, wenn alles bunt."
„Keine Sorge, ich werde ihn überreden", erklärt Jette. „Du sollst dich bei uns doch zu Hause fühlen."
Da hat Jette recht. Und ich finde es megasüß von ihr, dass sie so um das neue Au-pair-Mädchen besorgt ist.
„Zuhause ist immer da, wo man mit Herz ist", sagt Justyna, als sie uns zur Tür begleitet. Mami hat gerade geklingelt, will aber, weil sie im Halteverbot steht, nicht erst hochkommen.
*Zuhause ist immer da, wo man mit dem Herzen ist.* Der Satz ist so schön, dass mir ganz warm im Bauch wird. Genau deswegen musste Jette wahrscheinlich auch zurück nach Hamburg kommen. Auf Sylt war es

mega, mit dem Herzen war sie allerdings immer noch bei uns in Hamburg.

„Jette?“
„Mhm?“
„Schläfst du schon?“
„Ja, aber nur im ersten Gang.“ Sie kichert so kicherig, dass ihr Körper bebt und wackelt. „Miss Butterfly, du lässt mich ja nicht!“
„Ja, weil es so genial ist, einfach noch wach zu sein.“
„Finde ich auch“, entgegnet sie.
„Könnt ihr mal leiser sein?“, tönt meine Schwester megagenervt durch den Stoffvorhang.
„Sorry!“, ruft Jette.
„Jette, komm zu mir ins Bett“, flüstere ich.
Schwupp schnappt Jette sich die leichte Sommerdecke und krabbelt zu mir auf die Matratze. „Boah, wie heiß! Wir kriegen bestimmt Schwitzanfälle.“
„Macht doch nichts“, entgegne ich. Hauptsache, wir sind wieder zusammen. Der Rest ist mir gerade schnurzpiepegal.
„Und?“, wispere ich. „Wie ist es jetzt so für dich?“ Bisher hatten wir kaum Zeit, uns ausführlich zu unterhalten.
„Du meinst, wie es ist, bei meinem Daddy zu wohnen?“

„Ja!“
Eine Weile ist es still, nur ein verspäteter Vogel flötet, dann erklärt sie leise: „Weiß nicht. Mal toll, mal komisch. Auf jeden Fall … ungewohnt.“
„Vermisst du deine Mama?“
Wieder ist es ruhig, verdächtig ruhig.
„Du vermisst sie“, sage ich.
„Ja, schon, nur …“ Jette seufzt leise. „Ich werde mich bestimmt daran gewöhnen. Außerdem kann ich sie ja jedes Wochenende sehen. Und Justyna ist einfach supertruper.“
Das stimmt. Justyna ist das beste Au-pair-Mädchen, das man sich nur vorstellen kann, trotzdem ist sie nicht Jettes Mutter.
Ich greife nach Jettes Hand und streichele ihre klebrig-schwitzigen Finger. „Wenn du dich blöd oder einsam fühlst, kommst du einfach zu mir, versprochen?“
„Du bist so süß, Miss Butterfly.“ Sie zwickt mich in die Seite. „Versprochen.“
Jettes Atemzüge werden gleichmäßiger, vielleicht ist sie schon im Reich der Träume, da sagt sie plötzlich: „Weißt du, was echt komisch ist?“
„Nee?“
„Papa ist so ganz anders als sonst.“
„Wie anders?“
„Er ist …“ Sie strampelt die Decke mit den Füßen weg. „Irgendwie netter. Er redet ganz viel mit mir und

manchmal drückt er mich einfach so an sich. Das hat er früher nie gemacht."
„Aber das ist doch gut, oder?"
„Ja, schon … Ich hab nur Angst …" Sie verstummt.
„Wovor?"
„Dass er denkt, er muss das jetzt tun. Weil Mama eben nicht da ist. Und vielleicht …" Ein schweinchenartiger Grunzer kommt aus ihrem Mund. „Vielleicht spielt er die Vatergefühle ja nur, verstehst du?"
Ich wälze den Gedanken eine Weile in meinem Kopf hin und her, dann sage ich: „Nein, das glaube ich nicht. Er hätte dich nie zurückgeholt, wenn er es nicht auch irgendwie gewollt hätte."
„Könnt ihr jetzt endlich mal still sein!", motzt Lena los.
„Sorry, Schwesterchen", sage ich und kuschele mich an Jettes Rücken.
„Gute Nacht, Miss Butterfly."
„Nacht, Jette."
Sie atmet tief ein und wieder aus, dann murmelt sie: „Erinnerst du dich an das, was Justyna gesagt hat?"
„Häh?"
„Dass man immer da zu Hause ist, wo man mit dem Herzen ist?"
„Ja, das hat sie schön gesagt."
„Aber man ist auch da zu Hause wo die beste Freundin wohnt", ergänzt Jette.

„Das wollte ich auch gerade sagen“, flüstere ich mit einem Kloß der Rührung im Hals.
„Ich weiß“, sagt Jette.
„Woher denn? Kannst du etwa meine Gedanken lesen?“
„Fast. Das ist doch ganz normal bei besten Freundinnen.“
Sie kichert leise, knufft mich in die Taille und auf einer sanften Nordseewelle gleiten wir ins Reich der Träume.

## Leseprobe

*Das nächste Mia-Abenteuer erscheint im Herbst 2019. Hier könnt ihr schon einmal reinlesen.*

Es schneit.
Seit ich aus der Schule gekommen bin, schweben Flocken vom Himmel und zaubern einen watteweichen Teppich auf den Bürgersteig. Die Äste der Bäume sehen wie dick mit Puderzucker bestäubt aus, die Dächer der Häuser, die parkenden Autos, ja selbst die Laternen tragen Schneehauben.
(…)
Frostige Temperaturen, blitzweißer Schnee, der in der Sonne glitzert, strahlende Gesichter und rote Nasen. Ein bisschen prickelige Weihnachtsvorfreude könnte ich im Moment gut gebrauchen. Bei uns zu Hause herrscht nämlich gerade ziemlich dicke Luft. Grund dafür ist mein Papi, der sich benimmt, als hätten Aliens von ihm Besitz ergriffen.
Das äußert sich so:
1. Beim Frühstück gibt er kaum einen Mucks von sich. Ähnlich wie mein maulfauler Bruder Lukas. Nur bei dem ist das ja normal.
2. Statt meine kleine Babyschwester Josefine wie sonst überschwänglich zu knuddeln, bevor er zur Schule aufbricht (er unterrichtet an meiner Schule Deutsch und Geschichte), kitzelt er nur ihren Schwitznacken und sagt mit Neutralstimme Tschüss. (Verdächtig, verdächtig!)

3. Nachmittags igelt er sich in seinem Arbeitszimmer ein. Und falls man ihm auf dem Flur begegnet, guckt er durch einen hindurch, als würde man aus $O_2$ (= Luft) bestehen. Einmal ist er sogar schon gegen meine kleine Schwester Lena gerumst.
4. Beim Abendbrot isst er gerade mal eine Scheibe Brot (sonst waren es immer zwei bis drei Schnitten plus jede Menge saurer Gurken) und kaut appetitlos auf ihr herum.
5. Nach dem Abendessen schließt er sich gleich wieder in seinem Arbeitszimmer ein, um ... äh ... ja, was zu machen? Arbeiten? Löcher in die Luft starren? Auf dem Handy daddeln?
6. Aber das AllerALLERschlimmste ist, dass er Mami ständig wie aus heiterem Himmel anblafft. Mami meckert logischerweise zurück und manchmal wird der Streit so schlimm, dass ich mir die Ohren zuhalten muss. Und dann heult auch noch meine kleine Mini-Schwester Josefine los ...

FSC
www.fsc.org
MIX
Papier aus verantwortungsvollen Quellen
FSC® C014496

**Carlsen-Bücher gibt es überall im Buchhandel**

**und auf carlsen.de**



In Zusammenarbeit mit der Michael Meller Literary Agency, München

Umschlagillustration und Vorsatz: Dagmar Henze

Typografie Umschlag: Gerhard Schröder

Lektorat: Susanne Schürmann

Herstellung: Constanze Hinz

Lithografie: Margit Dittes Media, Hamburg

Satz: Arnold & Domnick, Leipzig

ISBN 978-3-551-65076-4

Mia
Das bin ich: Miss Butterfly!
Jette
will nicht weg aus Hamburg!
Frau Joost
möchte ganz neu anfangen.
Leo
ist eine echte Sportskanone.